炉边独语

朱湘散文精选

朱湘 著

 泰山出版社 · 济南 ·

图书在版编目（CIP）数据

朱湘散文精选 / 朱湘著. -- 济南：泰山出版社，
2024.1
（炉边独语）
ISBN 978-7-5519-0794-1

Ⅰ. ①朱⋯　Ⅱ. ①朱⋯　Ⅲ. ①散文集－中国－现
代　Ⅳ. ① I266

中国国家版本馆CIP数据核字（2023）第093245号

LUBIAN DUYU　ZHUXIANG SANWEN JINGXUAN

炉边独语：朱湘散文精选

责任编辑　程　强　王凌云
装帧设计　路渊源

出版发行　泰山出版社
　　　　　社　　　址　济南市泺源大街2号　邮编　250014
　　　　　电　　　话　综 合 部（0531）82023579　82022566
　　　　　　　　　　　出版业务部（0531）82025510　82020455
　　　　　网　　　址　www.tscbs.com
　　　　　电子信箱　tscbs@sohu.com
印　　刷　山东通达印刷有限公司
成品尺寸　150 mm×230 mm　16开
印　　张　13.25
字　　数　161千字
版　　次　2024年1月第1版
印　　次　2024年1月第1次印刷
标准书号　ISBN 978-7-5519-0794-1
定　　价　39.00元

凡　例

一、本书收录了作者的散文经典文章或片段节选，主要展现了作者的学术历程、情感操守，以及当时的时代风貌等。

二、将所选文章改为简体横排，以适应当代的阅读习惯。所选文章尽量依照原作，以保持文章的时代韵味，部分内容参照当下最新的整理成果进行了适当修改。

三、所选文章没有标题或者标题重复的，编辑时另行拟加或改拟。

四、对有些当时惯用的文字，如"的""地""得""作""做""哪""那""吧""罢""化钱""记帐"等，仍多遵照旧用。

目录

001 打弹子

006 北海纪游

018 咬菜根

020 梦苇的死

026 书

029 空中楼阁

031 寓　言

033 衖　衕

037 迎　神

040 日与月的神话

043 画　虎

045 徒步旅行者

051 江行的晨暮

053 《海外寄霓君》（节选）

063　说诙谐

064　说自我

066　说说话

069　想入非非

074　我的童年

084　投　考

090　文艺作者联合会

093　古代的民歌

107　五绝中的女子

112　王维的诗

119　周邦彦的《大酺》

121　笠翁十种曲

123　刘梦苇与新诗形式运动

125　谈《沙乐美》

129　为什么要读文学

133　文学与消遣

136　文学与年龄

140　古典与浪漫

147　"文以载道"

154　异域文学

158　地方文学

163　文化大观

169　吹求的与法官式的文艺批评

173　一封致友人饶孟侃的公开信

178　这是什么意思

181　说推敲

183　访　人

185　闻一多与《死水》

194　朱湘致友人书

197　说作文

202　诗的用字

打弹子

打弹子最好是在晚上。一间明亮的大房子，还没有进去的时候，已经听到弹子相碰的清脆声音。进房之后，看见许多张紫木的长台并列排着，鲜红的与粉白的弹子在绿色的呢毯上滑走。整个台子在雪亮的灯光下照得无微不见，连台子四围上边嵌镶的菱形螺钿都清晰的显出。许多的弹竿笔直的竖在墙上。衣钩上面有帽子，围巾，大氅。还有好几架钟，每架下面是一个算盘——听哪，答拉一响，正对着门的那个算盘上面，一下总加了有二十开外的黑珠。计数的伙计一个个站在算盘的旁边。

也有伙计陪着单身的客人打弹子。这样的伙计有两种，一种是陪已经打得很好的熟客打，一种是陪才学的生客打。陪熟客打的，一面低了头运用竿子，一面向客人嘻笑的说："你瞅吧！这竿儿再赶不上你，这碗儿饭就不吃啦！"陪生客打的，看见客人比了大半天，竿子总抽上了有十来趟，归根还是打在第一个弹子的正面就不动了，他看着时候，说不定心里满觉得这位客人有趣，但是脸上决不露出一丝笑容，只随便的带说一句："你这球要低竿儿打红奔白就得啦。"

打弹子的人有穿灰色爱国布罩袍的学生，有穿藏青花呢西服的教员，有穿礼服呢马褂淡青哔叽面子羊皮袍的衙门里人。另有一个，身上是浅色花缎的皮袍，左边的袖子捋了起来，露出细泽的灰鼠里子，并且左手的手指上还有一只耀目的金戒指。这想必是富商的儿子罢。这些人里面，有的面呈微笑，正打眼着"眼镜"。有的把竿子放去背后，作出一个优美的姿势来送它。有的这竿已经有了，右掌里握着的竿子从左手手面上顺溜的滑过去，打的人的身子也跟着灵动的扭过，再准备打下一竿。

"您来啦！您来啦！"伙计们在我同子离掀开青布绵花帘子的时候站起身，来把我们的帽子接了过去。"喝茶？龙井？香片？"

弹子摆好了，外面一对白的，里面一对红的。我们用粉块擦了一擦竿子的头，开始游戏了。

这些红的、白的弹子在绿呢上无声的滑走，很像一间宽敞的厅里绿毡毹上面舞蹈着的轻盈的美女。她披着鹅毛一样白的衣裳，衣裳上面绣的是金线的牡丹，柔软的细腰上系着一条满缀宝石的红带，头发扎成一束披在背后，手中握着一对孔雀毛，脚上穿的是一双红色的软鞋。脚尖矫捷的在绿毡毹上轻点着，一刻来了厅的这方，一刻去了厅的那方，一点响声也听不出，只偶尔有衣裳的窸窣，环佩的丁当，好像是替她的舞蹈按着拍子一样。

这些白的、红的弹子在绿呢上活泼的驰行，很像一片草地上有许多盛服的王孙公子围着观看的一双斗鸡。它们头顶上戴的是血一般红的冠。它们弯下身子，拱起颈，颈上的一圈毛都竦了起来，尾巴的翎毛也一片片的张开。它们一刻退到后头，把身体蜷伏起来，一刻又奔上前去，把两扇翅膀张开，向敌人扑啄。四围的人看得呆了，只在得胜的鸡骄扬的叫出的时候，他们才如梦初醒，也跟着同声的欢呼起来。

弹子在台上盘绕，像一群红眼珠的白鸽在蔚蓝的天空上面飘扬。弹子在台上旋转，像一对红眼珠的白鼠在方笼的架子上面翻身。弹子在台上溜行，像一只红眼珠的白兔在碧绿的草原上面飞跑。

还记得是三年前第一次跟了三哥学打弹子，也是在这一家。现在我又来这里打弹子了，三哥却早已离京他往。在这种乱的时世，兄弟们又要各自寻路谋生，离合是最难预说的了；知道还要多少年，才能兄弟聚首，再品一盘弹子呢？

正这样想着的时候，看见一对夫妇，同两个二十左右的女子，带着三个小孩子、一个老妈子，进来了球房：原来是夫妻俩来打弹子的。他们开盘以后，小孩子们一直站在台子旁边看热闹，并且指东问西，嘴说手画，兴头之大，真不下似当局的人。问的没有得到结果的时候，还要牵住母亲的裙子或者抓住她的弹竿唠叨的尽缠；被父亲呵了几句，才暂时静下一刻，但是不到多久，又哄起来了。

事情凑巧：有一次轮到父亲打，他的白球在他自己面前，别的三个都一齐靠在小孩子们站的这面的边上，并且聚拢在一起，正好让他打五分的。那晓得这三个孩子看见这些弹子颜色鲜明得可爱，并且圆溜溜的好玩，都伸出双手踮起脚尖来抢着抓弹子；有一个孩子手掌太小，一时抓不起弹子来，他正在抓着的时候，父亲的弹子已经打过来了，手指上面打中一下，痛得呱呱的大哭起来。老妈子看到，赶紧跑过来把他抱去了茶几旁边，拿许多糖果哄他止哭。那两个孩子看见父亲的神气不对，连忙双手把弹子放回原处，也悄悄的偷回去茶几旁边坐下了。母亲连忙说："一个孩子已经够嚷的啦。咱们打球吧。"父亲气也不好，不气也不好，狠狠的盯了那两个孩子一眼，盯得他们在椅子上面直扭，他又开始打他的弹子了。

在这个当儿，子离正向我谈着"弹子经"。他说："打得妙的时候，一竿子可以打上整千。"他看见我的嘴张了一张，连忙接着说下："他们功夫到家的妙在能把四个球都赶上一个台角里边去，而后轻轻的慢慢的尽碰。"我说："这未免太不'武'了！大来大往，运用一些奇兵，才是我们的本色！"子离笑了一笑，不晓得他到底是赞成我的议论呀还是不赞成。其实，我自己遇到了这种机会的时候，也不肯轻易放过，所惜本领不高，只能连个几竿罢了。

我们一面自己打着弹子，一面看那对夫妇打。大概是他们极其客气，两人都不愿占先的原故，所以结果是算盘上的黑珠有百分之八十都还在右头。我向四围望了一眼，打弹子的都是男人，女子打的只这一个，并且据我过去的一点经验而言，女子上球房我这还是第一次看见。我想了一想，不觉心里奇怪起来："女子打弹子，这是多么美的一件事！毡毺的平滑比得上她们肤容的润泽，弹竿的顸长比得上她们身段的苗条；弹子的红像她们的唇，弹子的白像她们的脸；她们的眼珠有弹丸的流动，她们的耳珠有弹丸的匀圆。网球在女界通行了，连篮球都在女界通行了，为什么打弹子这最美的、最适于女子玩耍的，最能展露出她们身材的曲线美的一种游戏反而被她们忽视了呢？"那晓得我这样替弹子游戏抱着不平的时候，反把自己的事情耽误了，原来我这样心一分，打得越坏，一刻工夫已经被子离赶上去半趟，总共是多我一趟了。

现在已经打了很久了，歇下来看别人打的时候，自家的脑子里面都是充满着角度的纵横的线。我坐在茶几旁边，把我的眼睛所能见到的东西都拿来心里面比量，看要用一个什么角度才能打着。在这些腹阵当中，子离口噙的烟斗都没有逃去厄难。有一次我端起茶杯来的时候曾经这样算过："这茶杯作为我的球，高竿，薄球，一定可以碰茶壶，打到那个人头上的小瓜皮帽子。不然，厚一点，就打对面墙上那架钟。"

钟上的计时针引起了我的注意，现在时间已经不早了。我向子离说："这个半点打完，我们走吧。"

"三点！一块找！要辅币！手巾！……谢谢您！您走啦！您走啦！"

临走出球房的时候，听到那一对夫妻里面的妻子说："有啦！打白碰到红啦！"丈夫提出了异议。但是旁观的两个女郎都帮她："嫂嫂有啦！哥哥别赖！"

北海纪游

　　九日下午，去北海，想在那里作完我的《洛神》，呈给一位不认识的女郎；路上遇到刘兄梦苇，我就变更计划，邀他一同去逛一天北海。那里面有一条槐树的路，长约四里，路旁是两行高而且大的槐树，倚傍着小山，山外便是海水了；每当夕阳西下清风徐来的时候，到这槐荫之路上来散步，仰望是一片凉润的青碧，旁视是一片渺茫的波浪，波上有黄白各色的小艇往来其间，衬着水边的芦荻、路上的小红桥，枝叶之间偶尔瞧得见白塔高耸在远方，与它的赭色的塔门、黄金的塔尖，这条槐路的景致也可说是兼有清幽与富丽之美了。我本来是想去那条路上闲行的，但是到的时候天气还早，我们就转入濠濮园的后堂暂息。

　　这间后堂傍着一个小池，上有一座白石桥，池的两旁是小山，山上长着柏树，两山之间竖着一座石门，池中游鱼往来，间或有金鱼浮上。我们坐定之后，谈了些闲话，谈到我们这一班人所作的诗行由规律的字数组成的新诗之上去。梦苇告诉我，有许多人对于我们的这种举动大不以为然，但同时有两种人，一种是向来对新诗取厌恶态度的人，一种是新诗作了许久与我们悟出同样的道理的人。他们看见我们的这种新诗以后，起了深度的同情。后来又谈到一班作新诗的人当初本是轰轰烈烈，但是出了一个或两个集子之后，便销声匿迹，不仅没有集子陆续出来，并且连一首好诗都看不见了。梦苇对于这种现象的解释很激烈，他说这完全是因为一班人拿诗作进身之阶，等到名气成了，地位有了，诗也就跟着扔开了。他的话虽激烈，却也有部分的真理，不过我觉着主要的原因另有两个：浅尝的倾向，抒情的偏重。我所说的浅尝者，便是那班本来不打算终身致力于诗，不过因了一时的风气而舍些工夫来此尝试一下的人。他们当中虽然不能说是竟无一人有诗的禀赋、涵养、见解、毅力，但是即使有的时候，也不深。等到这一点子热心与能耐用完之后，他们也就从此销声匿迹了。诗，与旁的学问旁的艺术一般，是一种终身的事业，并非靠了浅尝可以兴盛得起来的。最可恨的便是这些浅尝者之中有人居然连一点自知之明都没有，他们居然坚执着他们的荒谬主张，溺爱着他们的浅陋作品，对于真正的方在萌芽的新诗加以热骂与冷嘲，并且挂起他们的新诗老前辈的招牌来蒙蔽大众：这是新诗发达上的一个大阻梗。还有一个阻梗便是胡适的一种浅薄可笑的主张，他说，现代的诗应当偏重抒情的一方面，庶几可以适应忙碌的现代人的需要。殊不知诗之长短与其需时之多寡当中毫无比例可言。李白的《敬亭独坐》虽然只有寥寥的二十个字，但是要领略出它的好处，所需的时间之多，只有过于《木兰辞》而无不及。进一层，我们可以说，像《敬亭独坐》这一类的抒情诗，忙碌的现代人简直看不懂。再进一层说，忙碌的现代人干脆就不需要诗，小说他们都嫌没有工夫与精神去看，更何况诗？电影，我说，最不艺术的电影是最为现代人所需要的了。所以，我们如想迎合现代人的心理，就不必作诗；想作诗，就不必顾及现代人的嗜好。诗的种类很多,抒情不过是一种,此外如叙事诗、史诗、诗剧、讽刺诗、写景诗等等那一种不是充满了丰富的希望,值得致力于诗的人去努力?上述的两种现象,抒情的偏重,使诗不能作多方面的发展,浅尝的倾向,使诗不能作到深宏与丰富的田地,便是新诗之所以不兴旺的两个主因。

我们谈完之后,时候已经不早了;我们便起身,转上槐路,绕海水的北岸,经过用黄色与淡青的琉璃瓦造成的琉璃牌楼,在路上谈了一些话,便租定一只小划船。这时候西北方已经起了乌云,并且时时有凉风吹过白色的水面,颇有雨意,但是我们下了船。我们看见一个女郎独划着一只绿色的船,她身上穿着白色的衣裙,手上戴着白色的手套,草帽是淡黄色的,她的身躯节奏的与双桨交互的低昂着,在船身转弯的时候,那种一手顺划一手逆划两臂错综而动的姿势更将女身的曲线美表现出来;我们看着,一边艳羡,一边自家划船的勇气也不觉的陡增十倍。本来我的右手是因为前几天划船过猛擦破了几块皮到如今刚合了创口的,到此也就忘记掉了。我们先从松坡图书馆向漪澜堂划了一个直过,接着便向金鳌玉蛛桥放船过去;半路之上,果然有雨点稀疏的洒下来了。雨点落在水面之上,激起一个小涡,涡的外缘凸起,向中心凹下去,但是到了中心的时候,又突然的高起来,形成一个白的圆锥,上连着雨丝。这不过是刹那中的事。雨涡接着迅捷的向四周展开去,波纹越远越淡,以至于无。我此时不觉的联想起济慈的四行诗来:

Ever let the fancy roam,

Pleasure never is at home:

Λt a touch sweet pleasure melteth,

Like to bubbles when rain pelteth.

　　雨大了起来。雨点含着光有如水银粒似的密密落下。雨阵有如一排排的戈矛，在空中熠耀；匆促的雨点敲水声便是衔枚疾走时脚步的声息。这一片飒飒之中，还听到一种较高的声响，那就是雨落在新出水的荷叶上面时候发出来的。我们掉转船头，一面愉快的划着，一面避到水心的席棚下休息。

棹　歌

水　心

仰身呀桨落水中，

对长空；

俯首呀双桨如翼，

鸟凭风。

头上是天，

水在两边，

更无障碍当前；

白云驶空，

鱼游水中，

快乐呀与此正同。

岸　侧

仰身呀桨在水中，

对长空；

俯首呀双桨如翼，

鸟凭风。

树有浓荫，

葭苇青青，

野花长满水滨；

鸟啼叶中，

鸥投苇丛，

蜻蜓呀头绿身红。

风　朝

仰身呀桨落水中，

对长空；

俯首呀双桨如翼，

鸟凭风。

白浪扑来，

水雾拂腮，

天边布满云霾；

船晃得凶，

快往前冲，

小心呀翻进波中。

雨　天

仰身呀桨落水中，
对长空；
俯首呀双桨如翼，
鸟凭风。
雨丝像帘，
水涡像钱，
一片缭乱轻烟；
雨势偶松，
暂展朦胧，
瞧见呀青的远峰。

春　波

仰身呀桨落水中，
对长空；
俯首呀双桨如翼，
鸟凭风。
鸟儿高歌，
燕儿掠波，
鱼儿来往如梭；
白的云峰，
青的天空，
黄金呀日色融融。

夏 荷

仰身呀桨落水中，
对长空；
俯首呀双桨如翼，
鸟凭风。
荷花清香，
缭绕船旁，
轻风飘起衣裳；
菱藻重重，
长在水中，
双桨呀欲举无从。

秋 月

仰身呀桨落水中，
对长空；
俯首呀双桨如翼，
鸟凭风。
月在上飘，
船在下摇，
何人远处吹箫？
芦获丛中，
吹过秋风，
水蚓呀应着寒蛩。

冬 雪

仰身呀桨落水中，

对长空；

俯首呀双桨如翼，

鸟凭风。

雪花轻飞，

飞满山隈，

飞向树枝上垂；

到了水中，

它却消溶，

绿波呀载过渔翁。

雨势稍停，我们又划了出来。划了一程之后，忽然间刮起了劲风来；风在海面上吹起一阵阵的水雾，迷人眼睛，朦胧里只见黑浪一个个向我们滚来。浪的上缘俯向前方，浪的下部凹入，真像一群张口的海兽要跑来吞我们似的，水在船旁舐吮作响，船身的颠摇十分厉害：这刻的心境介于悦乐与惊恐之间，一心一目之中只记着，向前划！向前划！虽然两臂麻木了，右手上已合的创口又裂了，还是记着，向前划！

上岸之后，虽然休息了许久，身体与手臂尚自在那里摆动。还记得许多年前，头一次凫水，出水之后，身子轻飘飘的，好像鸟儿在空中飞翔一般；不料那时所感到的快乐又复现于今天了。

吃完点心之后（今天的点心真鲜！），我们离开漪澜堂，又向对岸渡过去，这次坐的是敞篷船。此刻雨阵过了，只有很疏的雨点偶尔飘来。展目远观，见鱼肚白的夕空渲染着浓灰色以及淡灰色的未尽的雨云，深浅不一，下面是暗青的海水，水畔低昂着嫩绿色的芦苇，时有玄脊白腹的水鸟在一片绿色之中飞过。加上天水之间远山上的翠柏之色，密叶中的几点灯光，还有布谷高高的隐在雨云之中发出清脆的啼声，真令人想起了江南的烟雨之景。

上岸后，雨又重新下起来。但是我们两人的兴却发作了：梦苇嚷着要征服自然，我嚷着要上天王殿的楼上去听雨。我们走到殿的前头，瞧见琉璃牌楼的三座孤门之下一毫未湿，便先在这里停歇下来。这时候天已经黑了，我们从槐树的叶中可以看得见天空已经转成了与海水一样深青的颜色，远处的琼岛亮着一片灯光，灯光倒映在水中，晃动闪灼，有波纹把它分隔成许多层。雨点打在远近无数的树上，有时急，有时缓。急时，像独坐在佛殿中，峥嵘的殿柱与庄严的佛像只在隐约的琉璃灯光与炉香的一点光内可以瞧见；沉默充满了寺内殿堂，寂静弥漫了寺外的山岭；忽然之间，一阵风来，吹得檐角与塔尖的铁马铜铃不断的响，山中的老松怪柏谡谡的呼吼，杂着从远峰飘来的瀑布的声响，真是战马奔腾，怒潮澎湃。缓时，像在一座墓园之内，黄昏的时候，鸟儿在树枝上栖息定了，乡人已经离开了田野与牧场回到家中安歇，坟墓中的幽灵一齐无声的偷了出来，伴着空中的蝙蝠作回旋的哑舞；他们的脚步落得真轻，一点声息不闻，只有萤虫燃着的小青灯照见他们憧憧的影子在暗中来往；他们舞得愈出神，在旁观看的人也愈屏息无声；最后，白杨萧萧的叹起气来，惋惜舞蹈之易终以及墓中人的逐渐零落投阳去了；一群面庞黄瘦的小草也跟着点头，飒飒的微语，说是这些话不错。

雨声之中，我们转身瞧天王殿，只见黑魆魆的一点灯火俱无，我们登楼听雨的计划于是不得不中止了。我们又闲谈起来。我们评论时人，预想未来，归根又是谈到文学上去。说到文学与艺术之关系的时候，我讲：插图极能增进读者对于文学书籍的兴趣，我们中国旧文学书中的插图工细别致。在西方这一方面的人才真是多不胜数，只拿英国来讲，如从前的克鲁可贤（Cruikshank）、现代的毕兹雷（Beardsley），又如自己替自己的小说作插图的萨克雷（Thackeray），都是脍炙人口的。我们中国如今也有人渐渐注意到这一方面来了，即如闻君一多、叶君灵凤、丰君子恺。闻君以魄力胜，叶君以工细胜，丰君以丰韵胜，虽然还不能像西方的那般深刻富丽，可是成绩也就不错了。还有文学与音乐的关系，在西方是很密切的，好的抒情诗差不多都已谱入了音乐，成了人民生活的一部分；我国的新诗与旧诗的佳作则尚未得到音乐上的人才来在这方面致力。

我们谈着，时刻已经不早了。雨算是过去了，但枝叶间雨滴依然纷乱的洒下，好像雨并没有停住一般。偶尔有一辆人力车拖过，想必是迟归的游客乘着园内预备的车，还偶尔有人撑着纸伞拖着钉鞋低头走过，这想必是园中的人役。我们起身走上路时，只见两行树的黑影围在路的左右，走到许远，才看见一盏被雨雾朦了罩的路灯。大半时候还是凭着路中雨水洼的微光前进。

我们一面走着，一面交谈。我说出了我所以作新诗的理由，不为这个，不为那个，只为它是一种崭新的工具，有充分发展的可能；它是一方未垦的膏壤，有丰美收成的希望。诗的本质是一成不变万古长新的：它便是人性。诗的形体则是一代有一代的：一种形体的长处发展完了，便应当另外创造一种形体来代替；一种形体的时代之长短完全由这种形体的含性之大小而定。诗的本质是向内发展的，诗的形体是向外发展的。《诗经》、《楚辞》、何默尔的史诗、施士陂的诗剧，这些都是几千年上的文学产品，但是我们这班后生几千年的人读起它们来仍然受很深的感动；这便是因为它们能把永恒的人性捉到一相或多性，于是它们就跟着人性一同不朽了。至于诗的形体则我们常看见它们在那里新陈代谢。拿中国的诗来讲，骚体在楚人手里发展到了极点，便有赋体代之而兴；赋体在汉代发展到了极点，便有“诗”体代之而兴。“诗”体的含性最大，它的时代也最长；自汉代上溯战国下达唐代，都是它的时代。在这长的时代当中，四言盛于战国，五古盛于汉魏六朝唐代，七古盛于唐宋，乐府盛的时代与五古相同，律绝盛于唐。到了五代两宋，便有词体代“诗”体而兴。到了元明与清，词体又一衍而成曲体。再拿英国的诗来讲，无韵体（blank verse）与十四行诗（sonnet）盛于伊立沙白时代，乐府体（ballad measure）盛于十七世纪中叶，骈韵体（rhymed couplet）盛于多莱登（Dryden）、蒲卜（Pope）两人的手中。我们的新诗不过说是一种代曲体而兴的诗体，将来它的内含一齐发展出来了的时候，自然会另有一种别的更新的诗体来代替它的。但是如今正是新诗的时代，我们应当尽力来搜求，发展它的长处。就文学史上看来，差不多每种诗体的最盛时期都是在这种诗体运用的初期；所以现在工具是有了，看我们会不会运用它。我们要是争气，那我们便有身预或目击盛况的福气；要是不争气，那新诗的兴盛只好再等五十年甚至一百年了。现在的新诗，在抒情方面，近两年来已经略具雏形；但叙事诗与诗剧则仍在胚胎之中，诗剧简直可以说是尚未配合。据我的推测，叙事诗将在未来的新诗上占最重要的位置。因为我国的文字与英文的含性不同，我国的文字决无可能性来创造出一种像英国那样的诗剧，以作人性的综合描写；但是叙事体的弹性之大也不下于无韵的诗剧，何默尔的两部史诗（叙事诗之一种）便是强有力的证据。所以我推想新诗将以叙事体来作人性的综合描写。

两行高大的树影矗立在两旁，我们已经走到槐路上了。雨滴稀疏的淅沥着。右望海水，一片昏黑，只有灯光的倒影与海那边的几点灯光闪亮。倒是为了这个原故，我们的面前更觉得空旷了。

我们走到了团城下的石桥，走上桥时，两人的脚步不期然而然的同时停下。桥左的一泓水中长满了荷叶：有初出水的，贴水浮着；有已出水的，荷梗承着叶盘，或高或矮，或正或欹；叶面是青色，叶底则淡青中带黄。在暗淡的灯光之下，一切的水禽皆已栖息了，只有鱼儿唼喋的声音，跃波的声音，杂着漫长的水蚓的轻嘶，可以听到。夜风吹过我们的耳边，低语道：一切皆已休息了，连月姊都在云中闭了眼安眠，不上天空之内走她孤寂的路程；你们也听着鱼蚓的催眠歌，入梦去罢。

咬菜根

"咬得菜根，百事可作。"这句成语，便是我们祖先留传下来，教我们不要怕吃苦的意思。

还记得少年的时候，立志要作一个轰轰烈烈的英雄，当时不知在那本书内发见了这句格言，于是拿起案头的笔，将它恭楷抄出，粘在书桌右方的墙上，并且在胸中下了十二分的决心，在中饭时候，一定要牺牲别样的菜不吃，而专咬菜根。上桌之后，果然战退了肉丝焦炒香干的诱惑，致全力于青菜汤的碗里搜求菜根。找到之后，一面着力的咬，一面又在心中决定，将来作了英雄的时候，一定要叫老唐妈特别为我一人炒一大盘肉丝香干摆上得胜之筵。

萝卜当然也是一种菜根。有一个新鲜的早晨，在卖菜的吆喝声中，起身披衣出房，看见桌上放着一碗雪白的热气腾腾的粥，粥碗前是一盘腌菜，有长条的青黄色的豇豆，有灯笼形的通红的辣椒，还有萝卜，米白色而圆滑，有如一些煮熟了的鸡蛋。这与范文正的淡黄荠差得多远！我相信那个说"咬得菜根，百事可作"的老祖宗，要是看见了这样的一顿早饭，决定会摇他那白发之头的。

还有一种菜根，白薯。但是白薯并不难咬，我看我们的那班能吃苦的祖先，如果由奈河桥或是望乡台在过年过节的时候回家，我们决不可供些什么煮得木头般硬的鸡或是浑身有刺的鱼。因为他们老人家的牙齿都掉完了，一定领略不了我们这班后人的孝心；我们不如供上一盘最容易咬的食品：煮白薯。

如果咬菜根能算得艰苦卓绝，那我简直可以算得艰苦卓绝中最艰苦卓绝的人了。因为我不单能咬白薯，并且能咬这白薯的皮。给我一个刚出灶的烤白薯，我是百事可作的；甚至教我将那金子一般黄的肉通同让给你，我都做得到。唯独有一件事，我却不肯做，那就是把烤白薯的皮也让给你；它是全个烤白薯的精华，又香又脆，正如那张红皮，是全个红烧肘子的精华一样。

山药，慈菇，也是菜根。但是你如果拿它们来给我咬，我并不拒绝。

我并非一个主张素食的人，但是却不反对咬菜根。据西方的植物学者的调查，中国人吃的菜蔬有六百种，比他们多六倍。我宁可这六百种的菜根，种种都咬到，都不肯咬一咬那名扬四海的猪尾或是那摇来乞怜的狗尾，或是那长了疮脓血也不多的耗子尾巴。

梦苇的死

　　我踏进病室，抬头观看的时候，不觉吃了一惊，在那弥漫着药水气味的空气中间，枕上伏着一个头。头发乱蓬蓬的，唇边已经长了很深的胡须，两腮都瘦下去了，只剩着一个很尖的下巴；黧黑的脸上，　一双眼睛特别显得大。怎么半月不见，就变到了这种田地？梦苇是一个翩翩年少的诗人，他的相貌与他的诗歌一样，纯是一片秀气；怎么，这病榻上的就是他吗？

　　他用呆滞的目光，注视了一些时，向我点头之后，我的惊疑始定。我在榻旁坐下，问他的病况。他说，已经有三天不曾进食了。这病房又是医院里最便宜的房间，吵闹不过。乱得他夜间都睡不着。我们另外又闲谈了些别的话。

　　说话之间，他指着旁边的一张空床道，就是昨天在那张床上，死去了一个福州人，是在衙门里当一个小差事的。昨天临危，医院里把他家属叫来了，只有一个妻子，一个小女孩子。孩子很可爱的，母亲也不过三十岁。病人断气之后，母亲哭得九死一生，她对墙上撞了过去，想寻短见，幸亏被人救了。就是这样，人家把他从那张床上抬了出去。医院里的人，照旧工作；病房同住的人，照常说笑。他的一生，便这样淡淡的结束了。

　　我听完了他的这一段半对我说、半对自己说的话之后，抬起头来，看见窗外的一棵洋槐树。嫩绿的槐叶，有一半露在阳光之下，照得同透明一般。偶尔有无声的轻风偷进枝间，槐叶便跟着摇曳起来。病房里有些人正在吃饭，房外甬道中有皮鞋声音响过地板上。邻近的街巷中，时有汽车的按号声。是的，淡淡的结束了。谁说这办事员，说不定是书记，他的一生不是淡淡的结束，平凡的终止呢。那年轻的妻子，幼稚的女儿，知道她们未来的命运是个什么样子！我们这最高的文化，自有汽车、大礼帽、枪炮的以及一切别的大事业等着它去制造，那有闲工夫来过问这种平凡的琐事呢！

混人的命运，比起一班平凡的人来，自然强些。肥皂泡般的虚名，说起来总比没有好。但是要问现在有几个人知道刘梦苇，再等个五十年，或者一百年，在每个家庭之中，夏天在星光萤火之下，凉风微拂的夜来香花气中，或者会有一群孩童，脚踏着拍子唱：

> 室内盆栽的蔷薇，
>
> 窗外飞舞的蝴蝶，
>
> 我俩的爱隔着玻璃，
>
> 能相望却不能相接。

冬天在熊熊的炉火旁，充满了颤动的阴影的小屋中，北风敲打着门户，破窗纸力竭声嘶的时候，或者会有一个年老的女伶低低读着：

> 我的心似一只孤鸿，
>
> 歌唱在沉寂的人间。
>
> 心哟，放情的歌唱罢，
>
> 不妨壮，也不妨缠绵，
>
> 歌唱那死之伤，
>
> 歌唱那生之恋。

咳，薄命的诗人！你对生有何可恋呢？它不曾给你名，它不曾给你爱，它不曾给你任何什么！

你或者能相信将来，或者能相信你的诗终究有被社会正式承认的一日，那样你临终时的痛苦与失望，或者可以借此减轻一点！但是，谁敢这样说呢？谁敢说这许多年拂逆的命运，不曾将你的信心一齐压迫净尽了呢？临终时的失望，永恒的失望，可怕的永恒的失望，我不敢再往下想了。

我还记得：当时你那细得如线的声音，只剩皮包着的真正像柴的骨架。临终的前一天，我第三次去看你，那时我已从看护妇处，听到你下了一次血块，是无救的了。我带了我的祭子惠的诗去给你瞧，想让你看过之后，能把久郁的情感，借此发泄一下，并且在精神上能得到一种慰安，在临终之时，能够恍然大悟出我所以给你看这篇诗的意思，是我替子惠做过的事，我也要替你做的。我还记得，你当时自半意识状态转到全意识状态时的兴奋，以及诗稿在你手中微抖的声息，以及你的泪。我怕你太伤心了不好，想温和的从你手中将诗取回，但是你孩子霸食般的说："不，不，我要！"我抬头一望，墙上正悬着一个镜框，框上有一十字架，框中是画着耶稣被钉的故事，我不觉的也热泪夺眶而出，与你一同伤心。

一个人独病在医院之内，只有看护人照例的料理一切，没有一个亲人在旁。在这最需要情感的安慰的时候，给予你以精神的药草，用一重温和柔软的银色之雾，在你眼前遮起，使你朦胧的看不见渐渐走近的死神的可怖手爪，只是呆呆的躺着，让憧憧的魔影自由的继续的来往于你丰富的幻想之中，或是面对面的望着一个无底深坑里面有许多不敢见阳光的丑物蠕动着，恶臭时时向你扑来，你却被缚在那里，一毫也动不得，并且有肉体的苦痛，时时抽过四肢，逼榨出短促的呻吟，抽挛起脸部的筋肉：这便是社会对你这诗人的酬报。

记得头一次与你相会，是在南京的清凉山上杏院之内。半年后，我去上海。又一年，我来北京，不料复见你于此地。我们的神交便开始于这时。就是那冬天，你的吐血，旧病复发，厉害得很。幸亏有丘君元武无日无夜的看护你，病渐渐的退了。你病中曾经有信给我，说你看看就要不济事了，这世界是我们健全者的世界，你不能再在这里多留恋了。夏天我从你那处听到子惠去世的消息，那知不到几天你自己也病了下来。你的害病，我们真是看得惯了。夏天又是最易感冒之时，并且冬天的大病，你都平安的度了过来，所以我当时并不在意。谁知道天下竟有巧到这样的事？子惠去世还不过一月，你也跟着不在了呢！

你死后我才从你的老相好处，听到说你过去的生活，你过去的浪漫的生活。你的安葬，也是他们当中的两个：龚君业光与周君容料理的。一个可以说是无家的孩子，如无根之蓬般的漂流，有时陪着生意人在深山野谷中行旅，可以整天的不见人烟，只有青的山色、绿的树色笼绕在四周，驮货的驴子项间有铜铃节奏的响着。远方时时有山泉或河流的琤琮随风送来，各色的山鸟有些叫得舒缓而悠远，有些叫得高亢而圆润，自烟雾的早晨经过流汗的正午，到柔软的黄昏，一直在你的耳边和鸣着。也有时你随船户从急流中淌下船来。两岸是高峻的山岩，倾斜得如同就要倒塌下来一般。山径上偶尔有樵夫背着柴担夷然的唱着山歌，走过河里，是急迫的桨声，应和着波浪舐船舷与石岸的声响。你在船舱里跟着船身左右的颠簸，那时你不过十来岁，已经单身上路，押领着一船的货物在大鱼般的船上，鸟翼般的篷下，过这种漂泊的生活了。临终的时候，在渐退渐远的意识中，你的灵魂总该是脱离了丑恶的城市、险诈的社会，飘飘的化入了山野的芬芳空气中，或是挟着水雾吹过的河风之内了罢？

在那时候，你的眼前，一定也闪过你长沙城内学校生活的幻影，那时的与黄金的夕云一般灿烂缥缈的青春之梦，那时的与自祖母的磁罐内偷出的糕饼一般鲜美的少年之快乐，那时的与夏天绿树枝头的雨阵一般的来得骤去得快，只是在枝叶上添加了一重鲜色，在空气中勾起了一片清味的少年之悲哀，还有那沸腾的热血、激烈的言辞、危险的受戒、炸弹的摩挲，也都随了回忆在忽明的眼珠中、骤热的面庞上，与渐退的血潮，慢慢的淹没入迷瞀之海了。

我不知道你在临终的时候，可反悔作诗不？你幽灵般自长沙飘来北京，又去上海，又去宁波，又去南京，又来北京；来无声息，去无声息，孤鸿般的在寥廓的天空内，任了北风摆布，只是对着在你身边漂过的白云哀啼数声，或是白荷般的自污浊的人间逃出，躲入诗歌的池沼，一声不响的低头自顾幽影，或是仰望高天，对着月亮，悄然落晶莹的眼泪，看天河边坠下了一颗流星，你的灵魂已经滑入了那乳白色的乐土与李贺、济慈同住了。

> 巢父掉头不肯住，
> 东将入海随烟雾。
> 诗卷长留天地间，
> 钓竿欲拂珊瑚树。

你的诗卷有歌与我俩的中间的诗卷，无疑的要长留在天地间，她像一个带病的女郎，无论她会瘦到那一种地步，她那天生的娟秀，总在那里，你在新诗的音节上，有不可埋没的功绩。现在你是已经吹着笙飞上了天，只剩着也许玄思的诗人与我两个在地上了，我们能不更加自奋吗？

书

拿起一本书来，先不必研究它的内容，只是它的外形，就已经很够我们的赏鉴了。

那眼睛看来最舒服的黄色毛边纸，单是纸色已经在我们的心目中引起一种幻觉，令我们以为这书是一个逃免了时间之摧残的遗民。它所以能幸免而来与我们相见的这段历史的本身，就已经是一本书，值得我们的思索、感叹，更不须提起它的内含的真或美了。

还有那一个个正方的形状，美丽的单字，每个字的构成，都是一首诗；每个字的沿革，都是一部历史。飙是三条狗的风：在秋高草枯的旷野上，天上是一片青，地上是一片赭，中疾的猎犬风一般快的驰过，嗅着受伤之兽在草中滴下的血腥，顺了方向追去，听到枯草飒索的响，有如秋风卷过去一般。昏是婚的古字：在太阳下了山，对面不见人的时候，有一群人骑着马，擎着红光闪闪的火把，悄悄向一个人家走近。等着到了竹篱柴门之旁的时候，在狗吠声中，趁着门还未闭，一声喊齐拥而入，让新郎从打麦场上挟起惊呼的新娘打马而回。同来的人则抵挡着新娘的父兄，作个不打不成交的亲家。

印书的字体有许多种：宋体挺秀有如柳字，麻沙体夭矫有如欧字，书法体娟秀有如褚字，楷体端方有如颜字。楷体是最常见的了。这里面又分出许多不同的种类来：一种是通行的正方体；还有一种是窄长的楷体，棱角最显；一种是扁短的楷体，浑厚颇有古风。还有写的书：或全体楷体，或半楷体，它们不单看来有一种密切的感觉，并且有时有古代的写本，很足以考证今本的印误，以及文字的假借。

如果在你面前的是一本旧书，则开章第一篇你便将看见许多朱色的印章，有的是雅号，有的是姓名。在这些姓名别号之中，你说不定可以发见古代的收藏家或是名倾一世的文人，那时候你便可以让幻想驰骋于这朱红的方场之中，构成许多缥缈的空中楼阁来。还有那些朱圈，有的圈得豪放，有的圈得森严，你可以就它们的姿态，以及它们的位置，悬想出读这本书的人是一个少年，还是老人；是一个放荡不羁的才子，还是老成持重的儒者。你也能借此揣摹出这主人翁的命运：他的书何以流散到了人间？是子孙不肖，将它舍弃了？是遭兵逃反，被一班庸奴偷窃出了他的藏书楼？还是运气不好，家道中衰，自己将它售卖了，来填偿债务，或是支持家庭？书的旧主人是这样。我呢？我这书的今主人呢？他当时对着雕花的端砚，拿起新发的朱笔，在清淡的炉香气息中，圈点这本他心爱的书，那时候，他是决想不到这本书的未来命运，他自己的未来命运，是个怎样结局的；正如这现在读着这本书的我，不能知道我未来的命运将要如何一般。

更进一层，让我们来想象那作书人的命运：他的悲哀，他的失望，无一不自然的流露在这本书的字里行间。让我们读的时候，时而跟着他啼，时而为他扼腕太息。要是，不幸上再加上不幸，遇到秦始皇或是董卓，将他一生心血呕成的文章，一把火烧为乌有；或是像《金瓶梅》《红楼梦》《水浒》一般命运，被浅见者标作禁书，那更是多么可惜的事情呵！

天下事真是不如意的多。不讲别的，只说书这件东西，它是再与世无争也没有的了，也都要受这种厄运的摧残。至于那琉璃一般脆弱的美人，白鹤一般兀傲的文士，他们的遭忌更是不言可喻了。试想含意未伸的文人，他们在不得意时，有的樵采，有的放牛，不仅无异于庸人，并且备受家人或主子的轻蔑与凌辱；然而他们天生得性格倔强，世俗越对他白眼，他却越有精神。他们有的把柴挑在背后，拿书在手里读；有的骑在牛背上，将书挂在牛角上读；有的在蚊声如雷的夏夜，囊了萤照着书读；有的在寒风冻指的冬夜，拿了书映着雪读。然而时光是不等人的，等到他们学问已成的时候，眼光是早已花了，头发是早已白了，只是在他们的头额上新添加了一些深而长的皱纹。

咳！不如趁着眼睛还清朗，鬓发尚未成霜，多读一读"人生"这本书罢！

空中楼阁

　　你说不定要问：空中怎么建造得起楼阁来呢？连流星那么小雪片那么轻的东西都要从空中坠落下来，落花一般的坠落下来，更何况楼阁？我也不知怎样的，然而空中实在是有楼阁。玉皇大帝的灵霄宝殿、王母的瑶池同蟠桃园、老君的炼丹房以及三十三天中一切的洞天仙府，真是数不尽说不完的。它们之中，只须有一座从半空倒下来，我们地上这班凡人，就会没命了。幸而相安无事，至今还不曾发生过什么危险。虽然古时有过共工用头（这头一定比小说内所讲的铜头铁臂的铜头还要结实）碰断天柱的事体发生，不过侥幸女娲补的快，还不曾闹出什么大岔子，只是在雨后澄霁的时光，偶尔还看见那弧形的五彩裂纹依然存在着。现在是没有共工那种人了，我们尽可放心的睡眠，不必杞人忧天罢！

　　共工真是一个傻子，不顾别人的性命，还有可说；他却连自己的性命都不顾了。也很难讲，谁敢说他不是觉着人间的房屋太低陋龌龊了，要打通一条上天的路，领着他的一班手下的人，学齐天大圣那样的去大闹一次天宫，把玉皇大帝赶下宝座，他自己却与一班手下人霸占起一切的空中楼阁呢。女娲一定是为了凡间的姊妹大起恐慌，因为那班极色的男子，最喜欢想仙女的心思。

他们遇到一个美貌的女子，总是称赞她像天仙。万一共工同他的将士，真正上了天，他们还不个个都作起刘晨、阮肇来，将家中一班怨女，都抛撇在人间守活寡吗？

并且天上的宫殿，都是拿蔚蓝的玉石铺地，黄金的暮云筑墙，灯是圆大的朝阳，烛是辉煌的彗星，也难怪共工想登天了。在那边园囿之中，有白的梅花鹿，遨游月宫的白兔，竦着耳朵坐在钵前，用一对前掌握着玉杵捣霜，还有填桥的喜鹊鼓噪，衔书的青鸟飞翔，萧史跨着的凤凰在空中巧啭着它那比箫还悠扬宛转的歌声。银白的天河在平原中无声的流过，岸旁茂生着梨花一般白的碧桃，累累垂有长生之果的蟠桃，引刘阮入天台的绛桃。别的树木更是多不胜举。菌形的灵芝黑得如同一柄墨玉的如意。郊野之中，也有许多的虫豸，蚀月的蟾蜍呵，啼声像鬼哭的九头鸟呵，天狼呵，天狗呵，牛郎的牛呵，老君的牛呵，还有那张果老骑的驴子，它都比凡人尊贵，能够住在天上。

咳！在古代不说作人了！就是作鸡狗都有福气。那时的人修行得道，连家中的鸡狗，都是跟着飞升的。你瞧那公鸡，它斜了眼睛，尽向天上望，它一定是在羡慕它的那些白日飞升的祖宗呢。空中的楼阁、海上的蜃楼、深山的洞府、世外的桃源，完了，都完了，生在现代的人，既没有琴高的鲤，太白的鲸鱼，骑着去访海外的仙山；也没有黄帝的龙，后羿的金鸟，跨了去游空中的楼阁。

寓　言

从前的时候，人不怕老虎，老虎也不咬人。

有一天，王大在山里打了许多野鸡野兔，太多了，他一个人驮不动，只好分些绑在猎犬的背上，惹得那狗涎垂一尺，尽拿舌头去舐鼻子。猎户一面走着，一面心里盘算，那只兔子留着送女相好，那只野鸡拿去镇上卖了钱推牌九。

他正这样思忖的时候，忽见前头来了一只老虎，垂头丧气的与一个大输而回的赌徒差不多。

王大说："您好呀？寅先生！为何这般愁闷，愁闷得像一匹丧家之犬。看您那尾巴，向来是直如钢鞭的，如今却夹起在大腿之间了；还有那脚步向来是快如风的，如今也像缠了脚的老太太，进三步退两步了。"

老虎说："王老，您有所不知，说起来话真长着呢！"说到这里，它叹气连天的，"我家有八旬老母，双眼皆瞎，又有才满月的豚儿还睡在摇篮里，偏偏在这时把拙荆亡去了。今天一清早我就出来寻找食物，走了一个整天——"说到这里，它忽然看见王大背上与猎犬背上满载着的野品，便道："呀，原来都在这里，怪不得我空跑了一天呢。"

它接着哀恳道："王老，先下手为强，这句俗话我也知道。

不过我实在是家有老母小儿，它们已经整天不曾一物下咽了。我如今正年富力强，饿上十天半个月还不打紧，它们一老一幼，却怎么捱得过呢！万一它们有个长短——"

它说到这里，忍不住的伤心大哭起来。一颗颗的眼泪从大而圆的眼眶里面滴下，好像许多李子杏子似的。它的哭声惊动了头顶上树枝间的割麦插禾，一齐飞入天空，问道："这是为何？这是为何？"

王大只是摇头。

老虎又哀求道："不看金面看佛面，我前生也姓王，只看我额上的王字便是记认。你对于同宗，难道也忍心坐视不救吗？"

王大只是摇头。

老虎陡然暴怒起来，它大吼一声，跳上去把王大的头一口咬下来，说道："看你再摇，这铁石心肠的畜生！"

猎狗摇着尾巴，笑嘻嘻的说："大王，您过劳贵体了，让小畜替您把这些野鸡野兔连着王大的身体，一齐驮去宝洞罢！"

自此之后，老虎知道人是一种贱的东西，只怕强权，不讲道理，于是逢着便咬，报它昔日的仇。

衚 衕

我曾经向子惠说过，词不仅本身有高度的美，就是它的牌名，都精巧之至。即如《渡江云》《荷叶杯》《摸鱼儿》《真珠帘》《眼儿媚》《好事近》这些词牌名，一个就是一首好词。我常时翻开词集，并不读它，只是拿着这些词牌名慢慢的咀嚼。那时我所得的乐趣，真不下似读绝句或是嚼橄榄。京中胡同的名称，与词牌名一样，也常时在寥寥的两三字里面，充满了色彩与暗示，好像龙头井、骑河楼等等名字，它们的美是毫不差似《夜行船》《恋绣衾》等等词牌名的。

"胡同"是"衚衕"的省写。据文字学者说，是与上海的"弄"一同源自"巷"字。元人李好古作的《张生煮海》一曲之内，曾经提到羊市角头砖塔儿衚衕，这两个字入文，恐怕要算此曲最早了。各胡同中，最为国人所知的，要算八大胡同；这与唐代长安的北里，清末上海的四马路的出名，是一个道理。

京中的胡同有一点最引人注意，这便是名称的重复：口袋胡同、苏州胡同、梯子胡同、马神庙、弓弦胡同，到处都是，与王麻子、乐家老铺之多一样，令初来京中的人，极其感到不便，然而等我们知道了口袋胡同是此路不通的死胡同，与"闷葫芦瓜儿""蒙福禄馆"是一件东西，苏州胡同是京人替住有南方人不管他们的籍贯是杭州或是无锡的街巷取的名字，弓弦胡同是与弓背胡同相对而定的象形的名称，以后我们便会觉得这些名字是多么有色彩，是多么胜似纽约的那些单调的什么Fifth Avenue，Fourteenth Street，以及上海的侮辱我国的按通商五口取名的什么南京路、九江路。那时候就是被全国中最稳最快的京中人力车夫说一句"先儿，你多给两子儿"，也是得偿所失的。尤其是苏州胡同一名，它的暗示力极大。因为在当初，交通不便的时候，南方人很少来京，除去举子；并且很少住京，除去京官。南边话同京白又相差的那般远，也难怪那些生于斯卒于斯、眼里只有北京、耳里只有北京的居民，将他们聚居的胡同，定名为苏州胡同了。（苏州的土白，是南边话中最特采的；女子是全国中最柔媚的。）梯子胡同之多，可以看出当初有许多房屋是因山而筑，那街道看去有如梯子似的。京中有很多的马神庙，也可令我们深思，何以龙王庙不多，偏多马神庙呢？何以北京有这么多马神庙，南京却一个也不见呢？南人乘舟，北人乘马，我们记得北京是元代的都城，那铁蹄直踏进中欧的鞑靼，正是修建这些庙宇的人呢！燕昭王为骏骨筑黄金台，那可以说是京中的第一座马神庙了。

京中的胡同有许多以井得名。如上文提及的龙头井以及甜水井、苦水井、二眼井、三眼井、四眼井、井儿胡同、南井胡同、北井胡同、高井胡同、王府井等等，这是因为北方水分稀少，煮饭、烹茶、洗衣、沐面，水的用途又极大，所以当时的人，用了很笨缓的方法，凿出了一口井之后，他们的快乐是不可言状的，于是以井名街，纪念成功。

　　胡同的名称，不特暗示出京人的生活与想象，还有取灯胡同、妞妞房等类的胡同。不懂京话的人，是不知何所取意的。并且指点出京城的沿革与区分：羊市、猪市、骡马市、驴市、礼士胡同、菜市、缸瓦市，这些街名之内，除去猪市尚存旧意之外，其余的都已改头换面，只能让后来者凭了一些虚名来悬拟当初这几处地方的情形了。户部街、太仆寺街、兵马司、缎司、銮舆卫、织机卫、细砖厂、箭厂，谁看到了这些名字，能不联想起那辉煌的过去，而感觉一种超现实的兴趣？

　　黄龙瓦、朱垩墙的皇城，如今已将拆毁尽了。将来的人，只好凭了皇城根这一类的街名，来揣想那内城之内、禁城之外的一圈皇城的位置罢？那丹青照耀的两座单牌楼呢？那形影深嵌在我童年想象中的壮伟的牌楼呢？它们那里去了？看看那驼背龟皮的四牌楼，它们手拄着拐杖，身躯不支的，不久也要追随早夭的兄弟于地下了！

　　破坏的风沙，卷过这全个古都，甚至不与人争韬声匿影如街名的物件，都不能免于此厄。那富于暗示力的劈柴胡同，被改作辟才胡同了；那有传说作背景的烂面胡同，被改作缅缎胡同了；那地方色彩浓厚的蝎子庙，被改作协资庙了。没有一个不是由新奇降为平庸，由优美流为劣下。狗尾巴胡同改作高义伯胡同，鬼门关改作贵人关，勾阑胡同改作钩帘胡同，大脚胡同改作达教胡同：这些说不定都是巷内居者要改的，然而他们也未免太不达教了。阮大铖住南京的袴裆巷，伦敦的 Rotten Row 为贵族所居之街，都不曾听说他们要改街名，难道能达观的只有古人与西人吗？内丰的人，外啬一点，并无轻重。司马相如是一代的文人，他的小名却叫犬子。《子不语》书中说，当时有狗氏兄弟中举。庄子自己愿意为龟。颐和园中慈禧后居住的乐寿堂前立有龟石。古人的达观，真是值得深思的。

迎　神

——过檀香山岛作

是一个弦月之夜。白色的祈塔与巨石的祭坛竖立在海岸沙滩上。晚汐舐黄沙作声，一道道的潮水好像些白龙自海底应召而来。干如垩过的伞形棕榈静立在微光之下。朦胧中可以看见祭场四隅及中央的木雕与石镌的窄长而幻怪的神首，有如适从地府伸出头来，身躯尚在黄泉之内似的。

祭司身上一丝不挂，手执香炬，虔步入白塔之中。他旋转上塔的最高层，在寂静与缥缈中对着天空海洋默祷，求神祇下降。

祷了又祷，直至一颗星落下苍穹：神祇降了！他狂喜的——因为这一夜他若是祷不下大神来，便将被土人视为污渎而剥皮——他狂喜的挽起角螺来，自东西南北四方的窗棂吹出迎神之调，到居住在茅草铺的或板木搭的房屋的岛民耳中，叫他们知道：神祇降了！

他们一片欢呼的，在袒裸之棕色身躯上围起青草系成的短裙，把那用头发与鲸牙雕具编的圈练悬挂在颈项，手里敲着硕大的葫芦，舞蹈到沙滩之上来。

岛王闻声，披起了犬牙编制的胸甲，排列仪仗，双掌高捧一个白羽为面、赤羽为眉目口鼻的神首，领着王后宫女与侍卫的武士，也向沙滩而来。

祭坛上已经燃着了鲸膏之燎。燎火闪灼的照见坛的四围，以及各神首的周遭，都有岛民绕着在狂舞高歌。沉重郁闷的葫芦声响，嘹亮嘈杂的金器铿锵，杂着坛上燎火中柴木的爆裂，融合成了一曲热烈而奇异的迎神之歌。

但葫芦金器的声响，忽然停了，歌唱也止了，因为他们看见白羽的神面捧到了祭坛的燎火当前，他们一齐匍匐上了白沙之地。

侍御的胡剌乐工轻拨动胡剌的胶弦，在悄静中低语。有如从辽远的古昔中，行近了逝者的叹声，叹那些先他们而离世的泉下人，有些是漂着一叶刀鱼形的小舟，一去不回，葬身在鱼腹之中；有些是在这四周被海围起的小岛上，同繁殖的兽群争竞一息的生机，终于丧了生命。弦声颤抖着、哽咽着，把岛民的悲哀挣扎，一齐倾吐在这悄然谛听着的神首之前，求他继续着他的庇佑。不然，那终古拿舌舐着这岛屿的洋便会携带了长喙的鳄鱼、银甲的鲨鱼、须锐长如矛头的巨虾、头庞大过屋舍的长鲸，以及数不清的粘胶、恶臭、瘤疬满身如蟾蜍、形状丑怪如魔鬼的海中物类，来湮没尽这岛屿，吞咽尽这些虔诚的男女，那时纯洁的祈塔、巩固的祭坛都要随了人类荡涤净尽，更无匏金的声响、舞蹈的火焰，来娱悦这羽翼此岛的神祇了。

祭祀的牺牲这时已经都陈设在祭坛之上：白如处女的兔子、披着彩衣的野雉、四掌有如鱼鳍的玳瑁、花皮有如人工的鱼类、顶戴王冠的波罗蜜、芬芳远溢的五谷——这些都由祭司捧着，绕行白羽的神面三周，投入了跳跃着伸舌的燎火之中。白烟挟着香味，像一条蜿蜒的白蛇，升上了天空。

岛民又立起身，绕着白羽的神面，歌唱起来。这送神之歌不像迎神时那样嘈杂不安了。它像一个催眠的歌调，茅屋中袒裸的母亲在身画龙蛇的婴孩的摇篮旁边低吟的一个催眠的歌调。它好像自近而远，送神祇随了白烟飞腾上夜云之幕，送那如梦中幻景的一声不响的岛王与仪仗捧着白羽的神面复回岛宫，送那镰刀形的弦月暂时朦胧在昼夜无眠的浪涛上，终于沉下了海底。

和平与黑暗降下了这一片人已散尽火已烬灭的平沙之上，只有高耸的塔影、酣眠的棕榈，尚可依稀的看见。

日与月的神话

景深兄：

　　近来作了几首英文诗，是取材自我国的神话，作时猛然悟出这些神话是极其美丽。即如太阳在文学中叫作金乌，这名字已经用滥了。但是我们把这两个字揣摹一番之后，便可知道它们好像一颗金橘，在很小的果皮之内蕴满了想象的甜汁，虽然随处都有，见年复生，仍旧减去不了它的佳妙。把太阳比作乌鸦，有两层道理：很显明的一层便是太阳飞过天空像乌鸦一样，第二层道理是人在向太阳直望了一刻之后，转看他物，便如有一黑物阻梗在眼前。古人的想象把这黑的观念同飞的观念联络起来，于是把太阳比作了乌鸦。乌鸦的毛，因光泽之故，对光看时，呈现金色。这更使这比喻来得的确。

　　日起扶桑，日落若木；这并非异想天开，确有道理。太阳起落之时，云霞确实像树，枝条四展的树。若木的"若"字最有意味。并且乌鸦不是筑巢在树上吗？日起落时的霞彩是宇宙中美景之一，中外的诗人都曾极力描写过，有人比它作头发，那是英国的Spenser，他的那行诗是状比朝霞，我忘记掉了，不过雪莱套他写了一行Blind with thine hair the eyes of day（见《夜》），有人比它作阑干，那是英国的济慈，那行诗是When barred clouds bloom the soft-dying day（见《秋曲》），我在《日色》中也曾写过这样几行：

> 云天上幻出扇形，
> 仿佛羲和的车轮，
> 　慢慢的
> 沉没下西方。

这些譬喻中，试问，那一个能胜过"扶桑"——桑，对了，那是中国的国树，不是 oak，不是 fir，不是 linden，不是 holly——试问那一个能胜过"若木"——从"艸"字头的若，骤看起来，真像一个树名呢。

月亮有神，这是无论那一国都那般想象的。但是自有文化的一两万年以来，却不曾有过一国像我们中国这样，对于月亮中的黑影也加以想象的解释。桂树便是这样在月宫旁生长了起来。缥缈的桂花香息虽能稍解望月的人对这一轮圆镜中阴影的憎恶，古人的想象终于免不了造出一个吴刚来，揙起斧头去斫树根。但是斧头尽管砍它的，阴影仍然存留着。这当然是因为吴刚太老了，不中用了。要是换个壮汉子运斤成风，桂树是早已砍倒了。

后羿射落九日，只留一日，这传说的来源极古。年代久远，后人便把羿与太阳混合在了一起。他们见月升于日落时，日出时又隐去，便想象这是太阳在追赶着月亮。不能是月亮追赶太阳，因为从不曾有过阴追赶阳的事情。在他们想象中，太阳是后羿，于是月亮便成了他的逃妻。其实我们知道，后羿的妻子并不曾偷到什么不死之药吞了，逃去月中作了月神，她是被后羿的国相寒浞偷了！月亮里有兔子那是当然。并且是白的家兔，不是黄的野兔。这畜生捣霜的本领委实太差：你看那月光下的草地，不是溅满了霜沫吗？

弟子沅　一九二八年三月十二日

画　虎

　　"画虎不成反类狗，刻鹄不成终类鹜。"自从这两句话一说出口，中国人便一天没有出息似一天了。

　　谁想得到这两句话是南征交趾的马援说的。听他说这话的侄儿，如若明白道理，一定会反问："伯伯，您老人家当初征交趾的时候，可曾这样想过：征交趾如若不成功，那就要送命，不如作一篇《南征赋》罢。因为《南征赋》作不成，终究留得有一条性命。"

　　这两句话为后人奉作至宝。单就文学方面来讲，一班胆小如鼠的老前辈便是这样警劝后生：学老杜罢，学老杜罢，千万不要学李太白。因为老杜学不成，你至少还有个架子；学不成李的时候，你简直一无所有了。这学的风气一盛，李杜便从此不再出现于中国诗坛之上了。所有的只是一些杜的架子，或一些李的架子。试问这些行尸走肉的架子、这些骷髅，它们有什么用？光天化日之下，与其让这些怪物来显形，倒不如一无所有反而好些。因为人真知道了无，才能创造有；拥着伪有的时候，决无创造真有之望。

　　狗，鹜。鹜真强似狗吗？试问它们两个当中，是谁怕谁？是狗怕鹜呢，还是鹜怕狗？是谁最聪明，能够永远警醒，无论小偷的脚步多么轻，它都能立刻扬起愤怒之呼声将鄙贱惊退？

画不成的老虎，真像狗；刻不成的鸿鹄，真像鹜吗？不然，不然。成功了便是虎同鹄，不成功时便都是怪物。

成功又分两种：一种是画匠的成功，一种是画家的成功。画匠只能摹拟虎与鹄的形色，求到一个像罢了。画家他深探入创形的秘密，发见这形后面有一个什么神，发号施令，在陆地则赋形为劲悍的肢体、巨丽的皮革，在天空则赋形为剽疾的翩翼、润泽的羽毛；他然后以形与色为血肉毛骨，纳入那神，搏成他自己的虎鹄。

拿物质文明来比方：研究人类科学的人如若只能亦步亦趋，最多也不过贩进一些西洋的政治学、经济学，既不合时宜，又常多短缺。实用物质科学的人如若只知萧规曹随，最多也不过摹成一些欧式的工厂商店，重演出惨剧，肥寡不肥众。日本便是这样：它古代摹拟到一点中国的文化，有了它的文字、美术；近代摹拟到一点西方的文化，有了它的社会实业：它只是国家中的画匠。我们这有几千年特质文化的国家不该如此。我们应该贯进物质文化的内心，搜出各根底原理，观察它们是怎样配合的、怎样变化的，再追求这些原理之中有那些应当铲除，此外还有些什么原理应当加入，然后淘汰扩张，重新交配，重新演化，以造成东方的物质文化。

东方的画师呀！麒麟死了，狮子睡了，你还不应该拿起那枝当时伏羲画八卦的笔来，在朝阳的丹凤声中，点了睛，让困在壁间的龙腾越上苍天吗？

徒步旅行者

　　往常看见报纸上登载着某人某人徒步旅行的新闻，我总在心上泛起一种辽远的感觉，觉得这些徒步旅行者是属于另一个世界——一个浪漫的世界。他们与我，一个刻板式的家居者，是完全道不同不相为谋的。我思忖着，每人与生俱来的都带有一点冒险性，即使他是中国人，一个最缺乏冒险性的民族……希腊人不也是一个习于家居，不愿轻易的离开乡土的民族么？然而几千年来的文学中，那个最浪漫的冒险故事，《奥德赛》，它正是希腊民族的产品。这一点冒险性既是内在的，它必然就要去自寻外发的途径，大规模的或是小规模的，顾及实益的或是超乎实益的。林德柏的横渡大西洋飞航、字尔得的南极探险，这些都是大规模的，因之也不得不是顾及实益的——虽然不一定是顾虑到个人的实益，唯有小规模的徒步旅行，它是超乎实益的，它并不曾存着一种目的，任是扩大国家的版图，或是准备将来军事上的需要，或是采集科学上的文献；徒步旅行如其有目的，我们最多也不过能说它是一种虚荣心的满足，这也是人情，不能加以非议——那一张沿途上行政人物的签名单也算不了什么宝贝，我们这些安逸的家居者倒不必去眼红，尽管由它去落在徒步旅行者的手中，作一个纪念品好了。这一种的虚荣心倒远强似那种两个人骂街，都要占最后一句话的上风的虚荣心。所以，就一方面说来，徒步旅行也能算得是艺术的。

　　史蒂文生作过一篇《徒步旅行》，说得津津有味；往常我读它，也只是用了文学的眼光，就好像读他的《骑驴旅行》那样。一直到后来，在文学传记中知道了史氏自己是曾经尝过徒步旅行的苦楚的，是曾经在美国西部——这地方离开苏格兰，他的故乡，是多么远——步行了多时，终于倒在地上，累的还是饿的呢？我记不清楚了，幸亏有人走过，将他救了转来的，到了这时候，我回想起来他的那篇《徒步旅行》，那篇文笔如彼轻灵的小品文，我便十分亲切的感觉到，好的文学确是痛苦的结晶品；我又肃敬的感觉到，史氏身受到人生的痛苦而不容许这种丑恶的痛苦侵入他的文字之中，实在不愧为一个伟大的客观的艺术家，那"为艺术而艺术"的一句话，史氏确是可以当之而无愧。

　　史氏又有一篇短篇小说，*Providence and the Guitar*，里面描写一个富有波希米亚性的歌者的浪游，那篇短篇小说的性质又与上引的《徒步旅行》不同，那是《吉诃德先生》的一幅缩影，与孟代（Catulle Mendés）的

Je m'en vais par les chemins, li-re-lin

一首歌词的境地倒是类似。孟氏的这首歌词说一个诗人浪游于原野之上，布袋里有一块白面包，口袋里有三个铜钱，心坎里有他的爱友。等到白面包与铜钱都被扒手给捞去了的时候，他邀请这个扒手把他的口袋也一齐捞去，因为他在心坎里依然存得有他

的爱友。这是中古时代行吟诗人 Troubadour 的派头；没有中古时代，便容不了这些行吟诗人，连危用（Villon）都嫌生迟了时代，何况孟氏。这个，我们只能认它作孟氏的取其快意的寄寓之词罢了。

就那个由浪游者改行作了诗人的岱维士（W.H.Davies）说来，徒步旅行实在是他的拿手——虽说能以偷车的时候，他也乐得偷车。据他的《自传》所说，徒步旅行有两种苦处，狗与雨。他的《自传》那篇诚实的毫不浮夸的记载，只是很简单的一笔便将狗这一层苦处带过去了；不知道他是怕狗的呢，还是他作过有对不住狗这一族的事。至少，我们可以想象得出，狗的多事未尝不是为了主人，这个，就一个同情心最开阔的诗人说来，岱氏是应当已经宽恕了的。不过，在当时，肚里空着，身上冻着，腿上酸着，羞辱在他的心上、脸上，再还要加上那一阵吠声，紧追在背后提醒着他，如今是处在怎样的一种景况之内，这个，便无论一个人的容量有多么大，岱氏想必也是不能不介然于怀的。关于雨这一层苦处，岱氏说得很详尽；这个雨并非

润物细无声

的那种毛毛雨，（其实说来，并不一定要它有声，只要它润了一天一夜，徒步旅行者便要在身上，心上沉重许多斤了。）这个雨也并非

花落知多少

的那种隔岸观火的家居者的闲情逸致的雨；它不是一幅画中的风景，它是一种宇宙中的实体，濡湿的、寒冷的、泥泞的。那连三接四的梅雨，就家居者看来，都是十分烦闷、惹厌，要耽误他们的许多事务，败兴他们的各种娱乐；何况是在没遮拦的荒野中，那雨向你的身上，向你的没有穿着雨衣的身上洒来、浸入，路旁虽说有漾出火光的房屋，但是那两扇门向了你紧闭着，好像一张方口哑笑的向了你在张大，深刻化你的孤单，寒冷的感觉，这时候的雨是怎么一种滋味，你总也可以想象得出罢……不然，你可以去读岱氏的《自传》，去咀嚼杜甫的

> 布衾多年冷似铁，
>
> 娇儿恶卧踏里裂，
>
> 长夜沾湿何由彻！

那三句诗；再不然，你可以牺牲了安逸的家居，去作一个毫无准备的徒步旅行者。

杜甫也是一个迫于无奈的徒步旅行者；只要看他的

> 芒鞋见天子，
>
> 脱袖露两肘。

的这寥寥十个字，我们便可以想象得出，他是步行了多少的时日，在途中与多少的困苦摩臂而过，以致两只衣袖都烂脱了，我们更可以想象开去，他穿着一双草鞋，多半是破的，去朝见皇帝

于宫庭之上，在许多衣冠整肃的官吏当中，那是，就他自己说来，多么可惨的一种境况；那是，就俗人说来，多么齿冷的一种境况……

相见惊老丑

的，他还只曾说到他的"所亲"呢。

我记得有一次坐火车经过黄河铁桥，正在一座一座的数计着铁栏的时候，看见一个老年的徒步旅行者站在桥的边沿，穿着破旧的还没有脱袖的短袄，背着一把雨伞，伞柄上吊着一个包袱；我当时心上所泛起的只是一种辽远的感觉，以及一种自己增加了坐火车的舒适的感觉……人类的囿于自我的根性呀！像我这样一个从事于文学的人尚且如此，旁人还能加以责备么？现在我所唯一引以自慰的，便是我还不曾堕落到那种嘲笑他们那般徒步旅行者的田地；杜甫的诗的沉痛，我当时虽是不能体味到，至少，我还没有嘲笑，我还没有自绝于这种体味。淡漠还算得是人之常情，敌视便是鄙俗了。

西方的徒步旅行者，我是说的那种迫于无奈的，我不知道他们是怎么一种行头，虽说吉卜西的描写与他们的插图我是看见过的，大概就是那般在街上卖毯子的俄国人的装束，就那般瑟缩在轮船的甲板上的外国人的装束想象开去，我们也可以捉摸到一二了……这许多漂泊的异乡人内，不知道也有多少《哀王孙》的诗料呢。

这卖毯子的人教我联想到危用，那个被驱出巴黎的徒步旅行者。他因为与同党窃售教堂中的物件，下了监牢，在牢里作成了那篇传诵到今的《吊死曲》，他是准备着上绞台的了；遇到皇帝登位，怜惜他的诗才，将他大赦，流徙出京城，这个"巴黎大学"的硕士，驰名于全巴黎的诗人便卢梭式的维持着生活，向南方步行而去；在奥类昂公爵（Charles d'Orlèans），也是一个驰名的诗人的堡邸中，他逗留了一时，与公爵以及公爵的侍臣唱和了一篇限题为《在泉水的边沿我渴得要死》的 ballade（巴俚曲）——大概也借了几个钱；接着，他又开始了他的浪游，一直到保兜地方，他才停歇了下来，因为又犯了事，被逼得停歇在一个地窖里。这又是教堂中人干的事；那个定罪名的主教治得他真厉害，不给他水喝——忘记了耶稣曾经感化过一个妓女——只给他面包吃，还不是新鲜的，他睡去了的时候，还要让地窖里的老鼠来分食这已经是少量的陈面包。徒步旅行者的生活到了这种田地，也算得无以复加了。

江行的晨暮

美在任何的地方，即使是古老的城外，一个轮船码头的上面。

等船，在划子上，在暮秋夜里九点钟的时候，有一点冷的风。天与江，都暗了；不过，仔细的看去，江水还浮着黄色。中间所横着的一条深黑，那是江的南岸。

在众星的点缀里，长庚星闪耀得像一盏较远的电灯。一条水银色的光带晃动在江水之上。看得见一盏红色的渔灯。

岸上的房屋是一排黑的轮廓。

一条趸船在四五丈以外的地点。模糊的电灯，平时令人不快的，在这时候，在这条趸船上，反而，不仅是悦目，简直是美了。在它的光围下面，聚集着有一些人形的轮廓。不过，并听不见人声，像这条划子上这样。

忽然间，在前面江心里，有一些黝黯的帆船顺流而下，没有声音，像一些巨大的鸟。

一个商埠旁边的清晨。

太阳升上了有二十度，覆碗的月亮与地平线还有四十度的距离。几大片鳞云粘在浅碧的天空里；看来，云好像是在太阳的后面，并且远了不少。

山岭披着古铜色的衣，褶痕是大有画意的。

水汽腾上有两尺多高。有几只肥大的鸥鸟，它们在阳光之内，暂时的闪白。

月亮是在左舷的这边。

水汽腾上有一尺多高；在这边，它是时隐时显的。在船影之内，它简直是看不见了。

颜色十分清润的，是远洲上的列树，水平线上的帆船。

江水由船边的黄到中心的铁青到岸边的银灰色。有几只小轮在喷吐着煤烟：在烟囱的端际，它是黑色；在船影里，淡青、米色、苍白；在斜映着的阳光里，棕黄。

清晨时候的江行是色彩的。

《海外寄霓君》（节选）

一

霓妹亲爱：

　　接到你正月廿晚的信说，有十天没有接到信，到电影院看电影看得很伤心。那些信纸上面有许多红印子，那自然是你流的眼泪了，我极其难受。亲爱的妹妹，我不曾害病，外面我少出门，汽车等等危险也没遇到，你放心罢。那时我刚从亚坡屯到芝加哥来，忙了一阵，所以十天你不曾接到我的信。这封信是第九封。九封以前，我曾经从芝加哥写过阳历一月六日、十五日、廿一日、卅一日，四封信给你。二月六日起，是第一封。所以我到芝加哥以后，总共写过十三封信给你，平均常是六天一封。不知你都收到了没有。你作梦梦见我很瘦，你不忍心，可见你对我的心肠极好，我听到了是多么快活高兴。我们的爱情是天长地久，只要把这三年过了，便是夫妻团圆，儿女齐前，那是多么快活的事情。能够早回，一定早归。外国实在不如我们在一起时那么有味，举目无亲，闷时只有看书。身体还好，倒免得你记挂。我自然要考到了一个名气再回国，不然落人耻笑，也混不了饭吃。外国照相贵的不得了，但是我总要照一次，大概等三个月，阳历六月总可以照好寄给你。芝加哥大学与别的学堂不同。别的学堂都是一年分两学期，另有暑假，芝加哥大学是一年分作四学季，夏天也算一学季，用功的学生夏天也可以念书，这样多念功课，可以早些毕业。我的身体如若不坏，夏天我是照常上课，那样我在明年阳历八月底便可毕业得学士。得了学士以后，念三季的书，便得硕士，那就是后年阳历六月半。考到硕士以后，考不考博士呢？那就临时再讲罢。考博士要大后年阳历一九三一年（就是辛未年）年底才能回国。这是说加工读书，暑假都不停的话。如若身体受不住这番苦工，或是我们分离过久，彼此想得太厉害，那时候我恐怕考完硕士，由欧洲经过英国、法国、意大利等等回中国。从前说的两年得博士，那是笑话，因为初来美国，情形不明白。如今知道，是决办不到的。无论何人来美国，都是四五年才考到博士，有的学医，简直要八年。如今春天了，常常出太阳，心里觉得爽快许多。从前来芝加哥是冬天，阴沉沉的，实在不舒服。我翻译了两首中国诗，登在芝加哥大学学生出的《凤凰杂志》上，想必你听到了快活，所以我特别告诉你。熟人请我去了博物馆，那房子不用说是很大，里面都是些动物的标本模型，有一架鲸鱼头的骨头总有一丈长，那整个鲸鱼活的时候至少总有四丈长。你还记得我们从天津到上海的船上看见的鲸鱼吗？我这次在太平洋上作了一首诗，里面有几句是这样：

> 我要乘船舶高航，
>
> 在这汪洋：
>
> 看浪花丛簇，

似白鸥升没，

看波澜似龙脊低昂，

还有鲸雏

戏洪涛跳掷颠狂。

这里面末了两句你看见了一定还记得当时的情景。博物馆中狮子老虎自然是有的，还有一架骨头，颈子特别长，与身子高一般，总共算起来，从头到脚至少有一丈。这兽在外国叫"吉拉伏"，如今已是绝种了，就是我们中国说的麒麟。吉拉伏性子是很温和的，它那么长的颈子是用来伸到树上吃树叶子的。我们中国说麒麟不吃肉，光吃草叶，正是一样。还有一个怪兽（这是标本，同活的一般，便是活的拿药水作出，再也不会烂）。这兽很像熊，有狗那么大，最奇怪的是它的嘴，有一两尺长，像一柄锥子一样。这东西名叫"食蚁兽"，那细而长的嘴，就是用来伸进蚂蚁洞中去吃蚂蚁的。蚂蚁那么小的东西居然把它养得同狗一样大，你看这奇怪不？还有许多鸟，挂在玻璃窗橱之内，那橱总有一丈宽一丈高，五尺深。有的拿真的树作成树林，背后两边再画一张假树林加了天啰山啰，鸟儿有的歇在枝上，有的飞歇在空中。水鸟的窗橱是用真水作出一个池塘，有真水草，背后两边也有一张画的风景。鸟儿有的站在水里，有的藏在草中。你看这是多么巧妙。博物馆中也有中国东西，不过不算很多，最有趣的是把中国的宝塔作出些五尺高的模型来，下面注明这是什么城的。这博物馆下次我再去的时候问问他们有照片没有，如有我买了寄给你。你绣给我的相架，我把我们同在北京照的那张相剪下你的相来，用这种信纸剪出一个蛋形的洞，把纸套在相上插进架中，今天早上被管家婆看见了，她希奇的不得了，说你长得美丽之至，花也绣得美丽之至。我告诉她这是中国绣花的一种，那是你的，那是我的名字。她问是谁绣的，我说是我的太太；她又问那相是谁，我也说是我的太太。

沅

三月廿四日第九封

二

贤慧我妻：

刚才我快活得一大跳。你不是寄来玉堂香菜一罐吗？我看外面画着两颗白菜，以为是煮白菜，没有过意看它，那知一打开，里面是我喜欢得很的京冬菜，我真说不出的快活。我如今真想家不得了。要是明年秋天找得到事作，我真想提早回家。你心思真细：玉堂香菜，香椿，我再不会想到的，你替我想到了。大褂子放长得刚好。茶叶里又寄来我喜欢的菊花。妹妹，你真钻进我心眼里去了。我应当赶快回家，钻进你心眼中间去才好，哈哈。（廿七日吃晚饭时。）

接到厚信一封，怎么你还没有搬家呢？小东带回了，我听到极其快活。菜根香房子正对西晒，我知道了心中说不出的难过。妹妹，这都是我以前不曾寄钱给你，连累你受这大的罪，又连累小沅生疖子。求你立刻搬家，省得我心里再难受。又靠近尼庵，你常常听到钟鼓念经，心中更加难受！所以这房子你不能再住下去了。赶紧搬家，好让我放心。我住得很舒服，望不要记挂。作饭是用油烧火，一点不热人，面包买现成的吃，新鲜得很，自己只要作菜，不过半点钟就作好了。因为火腿烘肉等等都是现成的，又新鲜，又好吃，作起来最省事不过。我每天吃肉吃蛋吃牛奶，很补，你放心好了。洗白铁锅十分方便，因为不用自己作饭，所以一点不麻烦。面包很补。从前在清华我就是光吃馒头不吃饭。我这里很舒服，天气热时，每天都可以洗澡，这钱一齐在房租里算了。脸水是随便用，又有西式马桶，床上被单每两礼拜换一次，枕衣每礼拜换一次，电灯和烧饭用油都在房租里面。总共是二十美金一月。冬天还有汽炉，费用也都在内。我过得十分舒服，你千万不要记挂。

小沅真调皮，也听你话，也明道理，我真说不出那么高兴。东东年纪这么小就知道叫妈妈，大了一定也伶俐。我前两天寄一匣子东西给你，你都喜欢吗？以后我每隔一两个月就寄一次东西给你，热闹热闹。你心中看了欢喜，我也跟着欢喜的。画片公司寄信给你，不过是照例，他们美国作生意都是这样。你作过他一次生意，他就常常寄信寄广告给你，招徕生意，并不用回信。你要是回信，他们反来会奇怪。我上街买菜，并不是热闹街市，车子等等毫不用害怕，请你放心罢。千万千万。妹妹，你既知道人是活宝，钱是呆宝，你更应该自己宝重身体才是。我就是怕你太累了，只顾省钱不顾你自己千金之体。我是很知道的，望你放心。

妹妹，你心思真巧，谈话真灵。你问我对于日货的意见，很好，我可以趁此将我的意思表白一番。我是极端主张爱国之人，我生也是中国人，死也是中国人。祖宗父母，儿孙男女，都是中国人。只要男女同胞大众一心努力向前，中国将来一定可以成功一个强国。日本是我们中国的世仇，他们的货品我们决不可用。我们自己的货品最结实，最可靠，从前年纪小的时候是用了它，将来年纪老了也是用它。国货是我们的命，我们要是离开国货，就是不要命，就是不能再活。所以我们决不可以离开国货。就像你寄给我的玉堂香菜同香椿，这都是纯粹国货，在外国寻遍了也寻找不出；它们味道多好，那真是不必我来说了。又像你寄给我的衣服，多么合身，多么舒服，比那些外国衣服又硬又热，中国衣裳不知要好几十倍。我个人意思。中国衣、中国菜、中国茶，是全世界上最好的菜，最美的衣、最香的茶。妹妹，你说我错了没有？

痧药我也收到了。这是你一片好意寄的，我虽然一时不用，我却把它珍重收起，想必越陈越好，像酒一样，将来还是带回家去。廿八下午接信后，我一面写信，一面吃你寄的国货菜茶。你想再进学堂，这一番求学苦心，我自然极其佩服，不过你要细想一想，那怎么办得到呢。家中无人作主作头脑，那还成个什么家？这是一层。要是说写信，你如今写得很好了，何必多进学堂？这是二层。要说是谋生，我将来作事想必很够了，挣钱是男人的义务，你为妻的义务是管理家务，你管理家务一直是能干，不用进学堂。这是平常的话。万一我有时运气不好，靠卖书也够活了。所以谋生方面，决不用你担心。头两年靠省点钱一年印一两本书，这样有几本书卖着，每年总有进项。你想帮我作事，自然令我听到极其快活。将来开书店，恐怕要请你当庶务同会计，哈哈。这是三层。至于说要在文学方面多读些书，那进学校也没多大用处，不如由我托朋友常买些书或是小说或是戏曲或是诗，你常常看看，惯了也就好了。这方法请你看如何，望你告诉我。（廿八晚。）

你说的朋友不要多交，要交就交好的，这实在是很有道理的话。我听到极其佩服。夫妻互相勉励，互相劝导，这是极其应该的。不然，敷敷衍衍随随便便，好也不管，坏也不管，那不成为生人了吗？夫妻之间，应该有什么话就说什么话。这才是两人同心，你就是我，我就是你，合而为一，成了一个整人。好像枕边相抱，两人成了一个一样。妹妹，这封信暂且停住，等后天考完了，再多多写信罢。

采妹爱夫，沅

八月廿九晚第卅九封

三

爱妻霓妹：

这几天过得很舒服，自己高兴看什么书就看什么书，不比上课时候什么书都是由教授指定，不自由。我看的书里面有些极有趣味的故事，回家以后，慢慢讲给你听。暑假还有三个礼拜，一定可以看不少小说。这夏天读书，别的一切都自在，并不很热，只是很少热过几天，上天一热，次日便凉了。夏天只有一样不舒服，就是早八点有课，我七点就要起来，晚上是十一点睡觉。可是有许多天要到半夜才睡得着，就是这件苦一点。如今好了，久已过去了，以后我决不选早八点的功课了，你放心就是。这地方夏天并不很热，真正再好不过，是因为靠近大湖之故。十天前寄给你的会叫的画片子还有趣吗？我想你同小沅东东都快活罢？他们兄妹两个对于这些画片发表过什么意见，盼望你转告与我听听。那匣子是软纸，我很不放心，怕它路上会压坏了，不知侥幸你能好好收到不？匣子里有一个封套"日本八景"，那八景我从前早已寄给你了，这次方便，所以把封套也寄与你。邮票之内许多是美国的，从半分一直到十几分每种都有，这是我平常接信时候存下来预备寄回与你的。我如今是住定地方了，以后总可以常常寄些另件东西回家，让你看到快活快活。妹妹，我冬天衣裳已经作好了，是三十美金一件上身衣，一件背心，两条裤。（因为裤子容易破些，作两条这身衣就能穿得很久。）身裳样式颜色都好，下次照相，就要穿这身衣去。钱还不曾付，但是对于寄回家的款子一毫不动，望放心。以后回国样式决作不了这么好。

说来奇怪，那从上海带来的衣裳，又不合身，又袖子短，又破了，不再把那身衣裳穿出去让人看了笑话。穿上这身新衣，觉得精神抖擞，作事又来的俐落多多。真是应了中国的俗话，"衣裳出少年"；外国的俗话，"人是衣作的"。他们美国富强了，一天到晚没有事干，就在外貌上讲究。身服是一毫气味不许有，我从中国带来的衣裳都是穿了太久不曾洗过，所以有气味。我这一年来穿了它们上课，有时候真是等于从前那些罪犯受活罪。现在好了，从此心中不必再在这上头焦急了。剪发别人大半是每礼拜一次，我却办不了，我是半个月一次。他们美国人真坏，头发不给你剪去很多，你因为碍于情面，又不好向他们讲。不过无论怎样，我是每月只能剪两次，不能再多了。他们用香水洗发，是加一倍价钱，那就成了一块半美金。你如其不让他们洗，他们就故意多留些短头发在你头上不替你掸去。我气得没有法，索性把头发剪成个陆军式，自己洗来，方便得很。这还有一个好处，就是省了发油一笔钱。他们美国人每早晨头发上用一种膏子或是淡油，既费时间又费金钱，我索性不留头发了倒爽快，虽然很少人这样作，我也管不了那多了。胡子是无法可想，一定要每天洗一次。他们美国人有许多胡子硬得真叫人吃惊，说是刀子用一次就扔掉了，一天至少刮两次。

衣裳我是交给中国洗衣店里，这样比外国店便宜一半，我洗衣算是很省，但每月还是要两块多美金，夏天每月至少三块。从前我自己也试试洗过些零件衣裳，既洗得不干净，又每次都出一身汗，衣裳更容易脏，更容易出气味。并且万一被人看见，那真是最丢脸的事情。中国人在外国开洗衣店，都被他们看不起，老实说来，也不过他们眼红，不愿意中国人赚他们的钱罢了。最省钱的便在饭食上面。这一项如今省了十块，所以我能寄十五块以上的数目给你，还能自己添几块钱的日用要品。从前我还想在饭食里再省，实在不成了。拿身体去拼三四块钱，太不上算了。我又想在买书款子里省，不过将来回国，就是靠了它们混饭吃，也不能。妹妹，我这以后寄的钱望你尽了用，不必再去省，三个月五十块美金实在不多，我求你千万不要拿千金身子去拼着省几个菜钱，务必！务必！你添过两个孩子以后，身子大大不如以前，加之连年辛苦劳神，更是伤了体气。我上次听你说不常吃荤，三天晚上不曾睡足觉。妹妹，你以后再不立刻改了，那你真是对不起我。这一方面我以后不再多言了，不过你要记着，你要是不听我话，你就是心中对不起我。写写不觉得已经过了两点钟了，现在已经十点，该睡了。说不完的话等梦中说罢。

　　　　　　　　　　　　　　　　　　　爱夫，沅

　　　　　　　　　　　　　　　　九月八日第四十一封

说诙谐

大概，诙谐的本质，与格吱的，它们颇是相似。

这一次，我在一家理发店里，有理发匠替我槌背抠骨，抠到腰上的时候，我忍不住的笑出来了。后来，我一想，民间有一种俗话，说是怕格吱的男人都是怕老婆的；肉体上的刺激与反应既然是无由避免，于是，我便不得不教理发匠停止了他的抠骨。普天下的男人，虽说是没有一个不怕老婆的，不过，他们决不肯透漏出此中的消息来，因之，道貌岸然的，他们，至少，要装扮成一个若无其事的模样。我们，对于那种直接的或是间接的有损于自我的尊严的诙谐，也是采取着同样的处置。

天幸的有一种男人，那种不怕格吱的……这种人究竟存在与否，我实在是怀疑。以常理来测度，能忍住的男人是很多，至于完全能以格吱了不笑的男人，那恐怕是不会有的。

一定便是为了这个原故，剧本内不常见有诙谐——讽刺的大前提——的成分，而小说内却是不少，甚至于，有的整部都是诙谐的成分。诙谐而一下转成了讽刺，即使是泛指的，都已经是有损于自我的尊严；尤其是，忍不住的又笑了出来，这个更是可以教自我由羞而恼的在家里看小说，总不会有外人来窥破这种损己的秘密，并且，人的那种天生的需要诙谐的本性也可以凭此而发泄了。

说自我

抓着这支笔的手——自然是右手了，虽说不比吃饭，那是一定得要用口的，左手也可以写得字，不过，习惯教我从小起就用右手来写字了，并且话还是一样的说得。沸腾在这脑中的思想——也并不像爱伦·坡那样说的，文章先已经都打成了腹稿，接着才去把它抄录下来；只是一时间忽然意识到，这是一篇文章了，便提起笔来写下去，并不曾预计到内容将要是怎样的，只是凭赖了这一念之萌，就把这篇文章的将来交付进了它的手里。这只手与这一片思想，它们便是现在的自我。

记得也在许多的时候，曾经为了后来的运用而贮藏过一些材料在这个头颅里，不过，就了自觉的一方面说来，那些材料都还不曾使用过……至少，是并不曾像当时所想象的那样去使用过。我也可以预料到，将来自己再看这篇文章的时候，这创作过程中所感觉到的这一点心头的美味，仍然会复活起来；并且，有时候，还会发生一点惊讶与自喜。

这一个孱弱、矛盾的自我，客观的看来，它是多么渺小、短促、无价值；不过，主观的看来，它却便是一个永恒只一个宝贝，一个纳有须弥的芥子了。

它简直就是一个国家。

在它的国度之内，有主人，有仆人，也有战争、和解。

如其这颗心并不是我自己的，我真不知道要怎样的去妒忌它：因为，这个国度之内的乐趣都是"江汉朝宗"于它了。脑筋里思想，因了思想而获得的快乐，它是被心去享受了；肚子的命运似乎好一点，因为，在饥饿着的时候，它偶尔也能够感觉到一种暂时的乐趣——这种乐趣，与出游了好久以后回家来吞冷茶的那时候所感到的乐趣，恰好是一样。

《新生》的第一篇十四行里说，诗人看见自己的心被剜去了，这或者便是它的报应。

它实在是过于自私了。不说这整个的躯体都是无昼无夜的在供给它以甜美的螫刺；便是在这个躯体与其他的躯体，抽象的或是具体的，发生接触之时，乐趣也还不都全是它的。有的自我，在毁坏、苦痛其他的自我之中，寻求到快乐，也有的在创造、愉悦其他的自我之中；客观的说来，自然是后一种好。不过，主观的说来，两种的目标便只是一个。

自我的心便是国家的银行。

科学，哲学，等于脑；宗教，艺术，等于心。

说说话

　　我是一个口齿极钝的人，连普通的应酬我都不能够对付，所以，我对于说话说得极多并且极为伶俐的人是十分的羡慕。好像手工、图画这两样，我从前在学校里面读书的时候，十分的羡慕着那些成绩优美的同学那般。

　　洒扫，应对，这本是古训里所说的一种儿童所应受的教育，在近三十年左右的家庭之内，洒扫这一项家庭教育的项目似乎是已经普遍的废除了，至于应对，大人也不过在说错了的时候，提撕一句；在说得不好的时候，叹一口气；或是灰心了的不作声：他们并不每天划出若干时刻来教授儿童以"应对"这一种课程，或是聘请一个家庭教师来教授，或是用了家长的名义向学校方面要求着在学校课程内增加这一种课程。于是，说话我便从小不会了。其实，即使是学校内有"应对"这一种课程，我也不见得能够学得好——不见手工、图画，我是成绩那么拙劣么？

　　大概，说话时候所须注重的第一点是，从何说起。照例的寒暄，这已经是难于开口了，因为它颇有一点像学校里面国文班上所出的题目，这题目的范围之内所可说的话差不多早已经被旁人说完了，要想推陈出新，决不是一件容易事。至于，由寒暄进而作宽泛的谈话，那简直是我所害怕的，好像从前在中学的头几年里我怕学期、学年的大考那样。不晓得对谈的人爱听的是那一种话；即使晓得了，自己也多半不见得能够在这一方面搜索枯肠可以搜索得一些——不说许多——谈话的资料来。面对面的僵坐着，终究不是事，于是，急忙之内，我便开口说话了……不幸，我所说的话恰巧是对谈的人所不爱听的，甚至于，他所认为是存心得罪的。这简直是糟糕！因为，已经是僵窘的对话，如今又加添了一种意气的成分进去了。这个，在一个不善辞令的人处来，是最难受的了。反报么，间接的便实证了适才所无心呐出的话是有意的；不反报么，未免有失身份；解释么，一个不会说话的人要想解释一句失言，我经验的知道，是不仅无补，并且会增加误会的。那么，只好不作声了。这个，并不见得能把严重的局面缓和下去。因为，这时候的面部表情，如其是沉闷的，对谈的人可以测想为臆怪；如其是和悦的，对谈的人又可以测想为在肚里暗笑。

模棱两可，这是说话时候所须注重的第二点。人世间的事情，最难料到是要怎么变化的。要是说出了一句肯定的话来，而事情的转变并不是像肯定的那样，这时候，曾经听见了这句话的人未免是要对于说者的判断力发生怀疑了。这个，在社会上，是极为有损于说者的。所以，一个人要是想不在这一方面吃亏，最好是在说话的时候不着边际；如此，事情无论是怎么收场，这模棱两可的话，虽然不见得是说中了，至少是没有说错。还有一层。人与人之间，在多种的情境内，是不能够说直话的；撒谎既不是一件社会上所容许的事情，那么，便只好把话说得令人难以捉摸了。

空洞无物，这是说话时候所须注重的第三点。一个人与一个人见了面，谈起话来，这一番对话，当然的，是集中于一件事情之上了。这件事情，过去的情形怎样，将来会怎样，现在对话时候是要这样的去接近，这些，在每个对话者的胸内，差不多都已经有了一个谱子；既然如此，在本题之上，便不需要作文章，只要旁敲侧击，借了一些题外的话来达意，也就够了。喜欢绕弯子，或许是人的一种生性，因为绕弯子是有玄秘的色彩，艺术的色彩的。

面部表情，这是说话时候所须注重的第四点。譬如说，你现在说出了一句想起来是极为滑稽的话来，这时候，你的面部表情应当是严肃的，因为，那样，教听者在事后回想起来，会更觉得有趣。又譬如说，你说挖苦的话，便应当在面部呈露出一种和蔼可亲的模样；那样，听者，如其不是十分聪明的，便不会立刻悟出你是在挖苦他，你既然可以逃避去当场的反报，又可以让他在事后寻思，悟出来了的时候，去饱尝那一种自羞自悔的酸滋味。

这些便是一个不会说话的人对于说话这种艺术的观察。或许天下居然会有人，同我一样的拙于辞令，那么，这一番的说话，不能说是有什么帮助，只能说是，让他看了，可以与我同发一声慨叹，会说话的人真是天生的，人为不了。

想入非非

——贾宝玉在出家一年以后去寻求藐姑射山的仙人

自从宝玉出了家以来，到如今已是一个整年了。从前的脂粉队，如今的袈裟服；从前的立社吟诗，如今的奉佛诵经……这些，相差有多远，那是不用说了。却也是他所自愿，不必去提。

只有一桩，是他所不曾预料得到的。那便是，他的这座禅林之内，并不只是他自己这一个僧徒。他们，恐怕是只有很少的几个人，像他这般，是由一个饱尝了世上的声色利欲的富家公子而勘破了凡间来皈依于我佛的。从前，他在史籍上所知道的一些高僧，例如达摩的神异、支遁的文采、玄奘的淹博，他们都只是旷世而一见的，并不能以在任何地方，任何时候都遇到。他所受戒的这座禅林，跋涉了许久，始行寻到的，自然是他所认为最好的了。在这里，有一个道貌清癯、熟谙释典的住持；便是在听到过他的一番说法以后，宝玉才肯决定了：在这里住下，剃度为僧的。这里又有静谧的禅房可以习道；又有与人间隔绝的胜景可以登临。不过，喜怒哀乐，亲疏同异，那是谁也免不了的，即使是僧人，像他这么整天的只是在忙着自己的经课，在僧众之间是寡于言笑的，自然是要常常的遭受闲言冷语了。

黛玉之死，使得他勘破了世情的，到如今，这一个整年以后，在他的心上，已经不像当初那么一想到便是痛如刀割了。甚至于，在有些时候——自然很少——他还曾经纳罕过，妙玉是怎么一个结果：她被强盗劫去了以后，到底是自尽了呢，还是被他们拦挡住了不曾自尽？还是，在一年半载，十年五载之后，她已经度惯了她的生活？当然不能说是欢喜，至少是，那一种有洁癖的人在沾触到不洁之物那时候所立刻发生的肉体之退缩已经没有了。

虽然如此，黛玉的形象，在他的心目之前，仍旧是存留着。或许不像当时那样显明，不过依然是清晰的。并且，她的形象每一次涌现于他的心坎底层的时候，在他的心头所泛起的温柔便增加了一分。

这一种柔和而甜蜜的感觉，一方面增加了他的留恋；一方面，在静夜，檐铃的声响传送到了他的耳边的时候，又使得他想起来了烦恼。因为，黛玉是怎么死去的？她岂不便是死于五情么？这使得她死去了的五情，它们居然还是存在于他——宝玉的胸中，并且，不仅是没有使得他死去，居然还给与了他一种生趣！

在头半年以内，无日无夜的，他都是在想着，悲悼着黛玉。这是很自然的事情。半年快要完了的时候，黛玉以外的各人，当然都是女子了，不知不觉的，渐渐的侵犯到他的心上，来占取他的回忆与专一。以至于到了下半年以内，她们已经平分得他的思想之一半了。这个使得他十分的感觉到不安，甚至于，自鄙。他在这种时候，总是想起了古人的三年庐墓之说……像他与黛玉的这种感情，比起父母与子女的感情来，或者不能说是要来得更为浓厚一些，至少是，一般的浓厚了；不过，简直谈不上三年的极哀，也谈不上后世所改制的一年的，他如今是半年以后，已经减退了他的对于黛玉之死的哀痛了。他也曾经想过各种各样的方法，要使得他的心内，在这一年里面，只有一个林妹妹，没有旁人——但是，他这颗像柳絮一般的心，漂浮在"悼亡"之水上的，并不能够禁阻住它自己，在其他的水流汇注入这片主流的时候，不去随了它们所激荡起的波折而回旋。

> 天长地久有时尽，
>
> 此恨绵绵无尽期。

这两句诗，他想，不是诗人的夸大之词，便是他自己没有力量可以作得到。

在这种时候，他把自己来与黛玉一比较，实在是惭愧。她是那么的专一！

也有心魔，在他的耳边，低声的说：宝钗呢？晴雯呢？她们岂不也是专一的么？何以他独独厚于彼而薄于此？并且，要是没有她们，以及其他的许多女子，在一起，黛玉能够爱他到那种为了他而情死的田地么？

他不能否认，宝钗等人在如今是处于一种如何困难，伤痛的境地；但是，同时，黛玉已经为他死去了的这桩事实，他也不能否认。他告诉心魔，教它不要忽略去了这一层。

话虽如此，心魔的一番诱惑之词已经是渐渐的在他的头颅里著下根苗来了。他仍然是在想念着黛玉；同时，其他的女子也在他的想念上逐渐的恢复了她们所原有的位置。并且，对于她们，他如今又新生有一种怜悯的念头。这怜悯之念，在一方面说来，自然是她们分所应得的；不过，在另一方面说来，它便是对于黛玉的一种侵夺。这种侵夺他是无法阻止的，所以，他颇是自鄙。

佛经的讽诵并不能羁勒住他的这许多思念。如其说，贪嗔爱欲便是意马心猿，并不限定要作了贪嗔爱欲的事情才是的，那么，他这个僧人是久已破了戒的了。

他细数他的这二十几年的一生，以及这一生之内所遭遇到的人，贾母的溺爱不明、贾政的优柔寡断、凤姐的辣、贾琏的淫，等等，以及在这些人里面那个与他是运命纠缠了在一起的人，黛玉——这里面，试问有谁，是逃得过五情这一关的？人世间的悲欢离合，无一不是五情这妖物在里面作怪！

由我佛处，他既然是不能够寻求得他所要寻求到的解脱，半路上再还俗，既然又是他所吞咽不下去的一种屈辱，于是，自然而然的，他的念头又向了另一个方向去希望着了。

庄子的《南华真经》里所说的那个藐姑射山的仙人，大旱金石流而不焦，大浸稽天而不溺，那许是庄周的又一种"齐谐"之语。不过，这里所说的"大旱"与"大浸"，要是把它们来解释作五情的两个极端，那倒是可以说得通的。天下之大，何奇不有？虽然不见得一定能找到一个真是绰约若处子的藐姑射仙人，或许，一个真是槁木死灰的人，五情完全没有了，他居然能以寻找得到，那倒也不能说是一件完全不可能的事体。

他在这时候这么的自忖着。

本来，一个寻常的人是决不会为着钟爱之女子死去而抛弃了妻室去出家的；贾宝玉既然是在这种情况之内居然出了家，并且，他是由一个唯我独尊的"富贵闲人"一变而为一个荒山古刹里的僧侣的，那么，他这样的异想天开要去寻求一个藐姑射仙人，倒也不足为奇了。

由离开了家里，一直到为僧于这座禅林，其间他也曾跋涉了一些时日。行旅的苦楚，在这一年以后回想起来，已经是褪除了实际的粗糙而渲染有一种引诱的色彩了。静极思动，乃是人之常情。于是，宝玉，著的僧服，肩着一根杖、一个黄包袱，又上路去了。

我的童年

一 引言

如今，自传这一种文学的体裁，好像是极其时髦。虽说我近来所看的新文学的书籍、杂志、附刊，是很少数的；不过，在这少数的印刷品之内，到处都是自传的文章以及广告。

这也是一时的风尚。并且，在新文学内，这些自传体的文章，无疑的，是要成为一种可珍的文献的。

从前，先秦时代的哲理文，汉朝的赋，唐朝的律诗、绝句，五代与宋朝的词，元朝的曲，明朝的小品文，清朝的训诂，这些岂不也都是一时的风尚么？

《论语》《孟子》《庄子》之内，那些关于孔丘、孟轲、庄周的生活方面的记载，只能说是传记体裁的。它们究竟有多少自传的性质，在如今，我们确是难以断言。

以著作我国的第一部正式历史的人，司马迁，来作成我国的第一篇正式的自传，《太史公自序》，这可以说是最自然不过的事情。当然，他的那篇《自序》，与我们心目中所有的关于自传这种文学体裁的标准，是相差很远的。

不过，由他那时候起，一直到清朝，我国的自传体文，似乎都是遵循了他的《自序》所采取的途径而进行的。

在新文学里面，来写自传体文，大概总存有两个目标，指引后学与抚今追昔。后学可以是自己的家人、学生，也可以是自己所研究的学问之内的后进，也可以是任何人。

我是一个作新诗的人。虽说也有些人喜欢我的诗，不过要说是，我如今是预备来作一篇诗的自传，指引后学，那我是决不敢当的。至于我的一般的生活，那只是一个失败，一个笑话——就作诗的人的生活这一个立场看来，那当然还要算是极为平凡；就一般的立场看来，我之不能适应环境这一点，便可以被说是不足为训了。

要说是抚今追昔，那本来是老年人的一种特权。如今，按照我国的算法，我不过是一个三十岁开外的人。

不过，文学便只是一种高声的自语，何况是自传体的文章？作者像写日记那样来写，读者像看日记那样来看。就是自己的日记，隔了十年、二十年来看，都有一种趣味——更何况是旁人的日记呢？并且，文人就是老小孩子，孩子脾气的老头子；就他们说来，年龄简直是不存在的。

二 旧文学与新文学

记得我之皈依新文学，是十三年前的事。那时候，正是文学革命初起的时代；在各学校内，很剧烈的分成了两派，赞成的以及反对的。辩论是极其热烈，甚至于动口角。那许多次，许多次的辩论，可以说是意气用事，毫无立论的根据。有人劝我，最好是去读《新青年》，当时的文学革命的中军，是刘半农的那封《答王敬轩书》，把我完全赢到新文学这方面来了。现在回想起来，刘氏与王氏还不也是有些意气用事，不过刘氏说来，道理更为多些，笔端更为带有情感，所以，有许多的人，连我也在内，便被他说服了。将来有人要编新文学史，这封刘答王信的价值，我想，一定是很大。

大概，新文学与旧文学，在当初看来，虽然是势不两立；在现在看来，它们之间，却也未尝没有一贯的道理。新文学不过是我国文学的最后一个浪头罢了。只是因为它来得剧烈许多，又加之我们是身临其境的人，于是，在我们看来，它便自然而然的成为一种与旧文学内任何潮流是迥不相同的文学潮流了。

它们之间的歧异，与其说是质地上的，倒不如说是对象上的。

三　作小说

这还是十一二岁时候的事情。

那时候，在高小，上课完了以后，除去从事于幼年时代的各种娱乐以外，便是乱看些书。在这些书里，最喜欢的便是侠义小说。记得和一个同班曾经有过一种合作一部《彭公案》式的侠义小说的计划；虽说彼此很兴奋的互相磋商了许多次，到底是因为计划太大了，没有写……在那个时候，我们两个都是不出十四岁的少年。

除了旧小说以外，孙毓修所节编的《童话》也看得上劲。一定就是在这些故事的影响之下，我写成了我的第一篇小说创作。如今隔了有十七年左右，那篇，不单是详细的内容，就是连题目，我都记不清楚了。仿佛是说的一只鹦鹉在一个人家里面的所见所闻。

以后，也曾经想作过《桃花源记》式的文章，可是屡次都没有写成。

在新文学运动的这十几年之内，小说虽是看得很多，也翻译了一些短篇，不过这方面的创作却是一篇也没有。

据我看来，作小说的人是必得个性活动的，而我的个性恰巧是执滞，一点也不活动。

一定就是为了这个原故，我在编剧、演剧两方面也失败了。

在十二三岁的时候，和两个同班私下里演剧；准备、化装、排演，真是十分热闹——其实，那与其说是演剧，还不如说是好玩。

在这一次的排演里面，我还记得，我是扮的一个女子。七年以后，学校里面正式的演剧，我由一个女子而改扮一个老太婆了！

扮演老太婆的那次，我是一个失败的。一上了剧台，身子好像是一根木棍；面部好像是一个面具；背熟了的剧词，在许多时刻，整段的不告而别。居然有一个先生，他说我的老太婆的台步走得还像，也不知道他是安慰我，还是确有其事；因为，我的行步的姿态向来是极不优美的，身材不高而脚步却跨得很远，走路之时，是匆忙得很——我仿佛是对于四肢并没有多少筋节的控制力那样。至于我的两条臂膀，在走路的时候，摔出去很远，那更是同学之间的一种谈笑资料。

有时候，我勉强还可以演说，不料演剧的时候，居然是一塌糊涂到那种田地。这或者与我所以有时候可以写些短篇小说性质的小品文而作不了短篇小说，是根源于同一种性格上的缺陷。

周启明所译的《点滴》，里面有一些散文诗性质的短篇小说；那一种的短篇小说，我看，或许便是像我这样性格的作诗的人所唯一的能作得了的。

四 读书

我是六岁启蒙的，家里请的老师，第一部书是读的《龙文鞭影》。只记得这是一部四字一句的韵文史事书籍——关于它，我现在已经不记得其他的内容了。

书房在花园里，花园的那边是客厅。书房前面的院子里，有一个亭子。

老师大概是一个举人。我还记得，他在夏天里，是穿着一件细竹管编成的汗褂。

背不出书来，打手心的事情，大概是有——不过现在我是已经忘记了。只记得，有一次，那是读完了《龙文鞭影》以后，读《诗经》的当口，我不知道是那一页书，再也背不出来，老师罚我，非得要背出来，才放我下学。只剩下我一个人，在书房里面；听见自己的声音，更加伤心，淌眼泪。大概是到底也没有背得出来，有家里大人讨保放我下学了。

十几年以后，我每逢想起《诗经》这一部书的时候，总是在心头逗引起了一种凄凉的情调，想必便是为了这个原故。

八九岁，读完了《四书》，以及《左传》的一小部分。就是在这个时候，学着作文了。

这是在离家有几里远的一个书馆里的事情。有一次，只剩下我一个人在馆里，心里忽然涌起了寂寞、孤单的恐惧，忙着独自沿了路途，向家里走去……这里是土地庙与庙前的一棵大树与树下的茶摊，这里是路旁的一条小河，这里是我家里田亩旁的山坡，终于，在家里前院的场地上，看见了有庄丁在那里打谷，这时候，我的心便放下了，舒畅了。

我的蒙馆生活是在十岁左右终止的。

十一岁时候，考取了高小一年级。这以后的十年，便是我的学校生活的期间，在小学，在大学期间，都曾经停过学。在一个工业学校的预科里面读过一年书。在青年会里读过英文。

说起来很有趣味：我后来又有机会看到我在工业学校里所作的一篇《言志》课卷，那里面说，将来学业完成了，除去从事于职业以外，闲暇的时候，要作一点诗，读一些诗文——这诗，不用说，是旧诗的意思；这诗文，不用说，也是旧诗文的意思。

在工业学校里，教国文的先生是豪放一派的；他喜欢喝酒，有一个酒糟鼻子，魏禧的《大铁椎传》是他所特别赞颂的一篇文章。

后来，我又有过一个国文先生，有"老虎"之称；不过他谨饬些。便是在他的课堂上，在自由交卷的时候，我学着作新诗。虽说他是一个旧学者，眼光倒还算是开明的，对于我的新诗课卷，并不拒绝。

听说他，像教我"四书"、《左传》的那个书馆先生那样，结局很是潦倒。

我读书，是决不能按部就班的。课本，无论先生是多么好，我对于它们总不能感觉到一种特殊的兴趣，便是那种我自己读我自己所选读的书籍，那时候所感觉到的兴趣。

　　大概，书的种类虽然是数不尽的多，不过，简单的说来，它们却只有两个。它们便是，不得不读的，以及自己爱读的书籍。由报纸一直到学校内的课本，就是不得不读的书籍。至于自己爱读的书籍，那就要看"自己"是谁了。譬如，我是一个作文、教书的人，我自己所爱读的书，要是与一个工程师所爱读的来对照，恐怕是会大不相同的。不过，普天下的大我，它却是有一种书籍决无不爱读之理的，那一种便是小说。

　　我也是一个人，当然逃不出这定例。十二岁到十四岁，爱读侠义小说。十五岁左右，爱读侦探小说。二十岁左右，爱读爱情小说。

　　侠义小说的嗜好一直延续到十几年以后，英国的司各德、苏格兰的史蒂文生、波兰的显克微支，他们的侠义小说，我为了慕名、机缘等的原故，曾经看了不少，实在是爱不忍释。

　　司各德各书，据我所看过的说来，它们足以使我越看越爱的地方，便是一种古远的氛围气，以及一种家庭之乐。"家庭之乐"这个词语，用来形容这些小说之内的那一种情调，骤看来或许要嫌不妥当。不过，仔细一想，我却觉得它要算是我所能找到的唯一的妥当的摹状之词了。这一种家庭之乐的情调，并不须在大团圆的时候，我简直可以独断的说，是由开卷的第一字起，便已经洋溢于纸上了。或许，作者所以能永远留念于世人的心上的原故，便在于他能够把这种乐居的情调与那种古远的氛围气有机的融合在一起。

　　史蒂文生的各部小说之内，我最爱读的一部是 *The Master of Ballantrae*。这篇长篇小说，与作者的一篇中篇小说，*Dr.Jekyll and Mr.Hyde* 以及一篇短篇小说《马克汉》，在精神上，似乎有孪生的关系。这三篇文章，我臆断的看来，或许便是作者对于他在一生之内所最感到兴趣的那个问题的一个叙述与分析。

显克微支的人物创造，**Zagloba**，与莎士比亚的 **Falstaff** 同属于一个人物类型，而并不雷同。

上举的各种侠义小说，有些可以叫作历史小说、心理小说，以及其他的名字；各书之内，除去侠义之部分以外，还有言情、社会描写等等成分。这实在是一切小说的常例。因为小说，与生活相似，是复杂的。小说之能引起共同的爱好，其故亦即在此。

侦探小说，我除去柯南道尔的各部著作以外，看的不多。至于他的各部侦探小说，中译本我是差不多全看完了，在十五岁的时候，原文本我也看过一些，在二十五岁的时候。年龄的增加并不曾减退过我对于它们的爱好。

至于言情小说，我只说一部本国的，《红楼梦》。这部小说，坦白的说来，影响于人民思想，不差似"四书""五经"。胡适之关于本书的考证，只就我个人来说，并不曾减少了我对于本书的嗜好；潜意识的，我个人还有点嫌他是多事。这是十年前，我在看亚东图书馆本的《红楼梦》那时候所发生的感想。至于这十年以来，整年的忙着授课、教书、谋生，并不曾再看过这部小说。我看我将来也不会教到"中国小说"这种课程，所以，我只有把十年前的那点感想坦白的说出来；至于本书的评价，那自然有在这一方面专门研究的人可以发言。

杜甫的诗我是爱读的。不过，正式的说来，他的诗我只读过四次；并且，每次，我都不曾读完。第一次是由《唐诗别裁集》里读的一个选辑；第二次是读了，熟诵了全集的很少一部分；第三次是上"杜诗"课；第四次是看了全集的一大半。十五岁以后，喜欢杜诗的音调；二十岁左右，揣摹杜诗的描写；三十岁的时候，深刻的受感于杜的情调。我买书虽是买的不多，十年以来，合计也在一千圆以上，比上虽是差的不可以道里计，比下却总是有余；说起来可以令人惊讶，便是，杜诗我只买过石印一部，要是照了如今我对于杜诗的爱好说来，一买书，我必定会先把习见的各种杜诗版本一起买到。

只要是诗，无论是直行的还是横行的，只要是直抒情臆的诗，无论作得好与不好，我都爱。爱诗并不·定要整天的读诗。从前，在十八岁到二十岁的时候，曾经有过几个时期，我发过呆气，要除去诗歌以外，不读其他的书籍；现在回想起来，倒觉得有趣——不过，或许，我现在之所以能写成一点诗，我的诗歌培养便是完成于那几个时期之内。我是一个爱读诗、爱作诗的人，而在我所购置的已经是少量的一些书籍之内，诗集居然是更少；这个，说给那些还喜欢我的新诗而并不与我熟识的读者听来，他们一定是会诧异的。

我曾经作过一首题名《荷马》的十四行，算是自己所喜欢的一些自作之一……其实，这个希腊诗人的两部巨著，我只是潦草的看过，并不曾仔细的研究一番。在我写那首诗的时候，并不曾有原文的节奏、音调澎湃在我耳旁，我的心目之前只有 *Elson Grammer School Reader* 里面的这两篇史诗的节略。这个，说出来了，一定会教读者失笑的，如其他是一个一般的读者；或是教他看不起，如其他是一个学者。

我是一个极好读选本的人。选本我可读了又读，一点也不疲倦；至于全集，我虽说在各方面也都看过一些，不过，大半，我只是匆促的看过一遍，就不看第二遍了。杜甫与莎士比亚是例外。这两个诗人，读上了味道，真是百读不厌；从前，现在的无穷数的读者所说的话，我到现在已经恳切的感觉到，并非人云亦云的一种慕名语，我并且自己的欣幸，我现在已经达到了一个可以真诚的、深切的欣赏他们的诗歌的时期。他们的确是情性之正声。

说到不得不读的书籍，我是一个度过了二十年学校生活的人，当然，它们是课本了。在学生时期之内，我对于课本，无论是必修科还是选修科，是很不喜欢读的。现在回想起来，教育与生活一样，也是一种人为的磨练……我当初既是不能适应学校的环境，自然而然的，到了现在，我也便不能适应社会的环境了。

我真是一个畸零的人，既不曾作成一个书呆子，又不能作为一个懂世故的人。

投 考

他已经考取了高小一年级。

这是一个师范的附属小学校，在本城的小学之内，算是很好的。只要国文、英文、算术这三门里面，有一门考及了格，便可以录取入学；他是考国文录取了的。

投考的时候，他是坐人力车去的。在车上，他的一颗心忐忑不安。平时，坐车子本来是一件快乐的事，因为，坐车与走路的速率不同，一个孩童对于这个是敏感的——风迎了面吹来，那愉快的感觉，真不亚似在热天，老女工给他洗了一个澡以后，他坐在床上抚摩四肢、胸、腹在那时候所发生的那种愉快的感觉。可是，这一天，他只在脑筋里记挂着那个怕它来又要它快完的考试。身外的一切，他都忘记了，除去那个布包，里面放着笔墨，他用了一双出汗的手紧握住的。他也没有心思，像平常坐车子的时候那样，去看街道两旁的店铺、房屋了。

是一个长辈带领着他来应试。一声"停下！"的时候，他在心里震动了一下，发见了车子停住在一条柳树沿着小溪的路边，面前便是学校的大门。他下了车。这校门，门上的铁楣他要把颈子仰得很高才能望见的，门旁排的校名直匾就他看来是字写得巨大而触目动心的，颇像是他的心目中的一个学校老师，凛凛的。

校门内，一条宽敞、平坦的道路直达附属小学校的校门。

　　他在家里读过书，在乡塾里读过书；至于踏进学校的门，这还是第一次。这是一个与家馆、与乡塾迥不相同的地方。这条路是多么清净、整齐；路左边的柳树是多么碧绿、苗条；路右边的师范屋墙是多么高大、庄严！虽说学校里是要与许多素不相识的同学一起上课，读一些素来不知为何的书籍，他是很想考入这个学校的。他很想每天在这条路上走过，在上学、下学的时候，有很多也是来投考的人，跟着大人，从他的身边过去。看来，他们是若无其事的；并且，他们是那么络绎不绝的……这个，使得他的那颗已是慌乱的心更加慌乱了。有几个，大概是旧生，引领着兄弟或者亲戚来投考的，一路上谈谈笑笑；他颇是羡慕他们。

　　他在家馆里所读的书早已忘记了。倒是在乡塾里所读的"四书"，为了预备考这个学校的原故，他曾经温习过。他，又在大人的督促之下，读了一点《古文观止》。至于作文，在乡塾里开了笔的，这几个月以来，他也作了一些功课；大人都还说是作得不错。他很喜欢看那些加在他的文课旁边的连圈；它们颇为使他觉得自傲，他希望，这次考试里面他所作的文章，学校老师也能够在上面加一些连圈。不过，题目是那么多，知道学校老师是要出那一个呢？要是出一个他所曾经作过的题目，他想，那就容易了。他可以定下神来回想他的原稿；要是时刻来得及，他还可以多加上一些文章进去。只要说得很多，老师一定是喜欢的。最重要的一层是，不要写错了字、写别了字。他在走进附属小学校的校门的时候，心里这么想着。可是，万一出的是一个他所不曾作过的题目呢……

蝉声在柳树上喧噪着。他想起来了，家旁一口塘的岸边，也有蝉声在柳树的密叶里，不过，与这里的似乎不同，这里的似乎带着有抽噎的声音，不像塘岸上的那么热闹，那么自在。

带领着他来这里的长辈在问门房。

他挟着布包，跟在后面。这布包里有一支笔、一个墨盒，墨盒是大人特为给他带来作考试之用的。他很怕墨盒里漏出了墨来，那时候，不仅笔与布包，便是他所穿的那件新单袍子都要弄脏了。当了老师、许多同伴的面，那未免是太难堪了。

他在走过一条廊。廊的左边是淡青色的墙壁，上面有瓦花窗；右边是一排胆色的廊柱，廊柱以外便是学校的操场，操场上有一些体育的设备，他并不知道名字，他很情愿在它们的上面玩耍，可是他又有一点害怕。

廊与操场的那头，是一排满是玻璃窗的教室。这不像家馆的书房，因为老师就是睡在那书房里；这又不像乡塾的书房，因为那就是堂屋，并且没有这么多的窗子。教室里的设备是完全异样的。他觉得有趣——他极其想考进这个学校。他把布包打开了，看见墨盒里的墨汁并不曾漏了出来，他的心里宽畅了。

他的长辈去了会客室，留下他一个人在这里。

已经有一些同伴在教室里，等候着考试。不过，他并没有与他们之内的任何人交谈，一则认生；二则不知道能否考取，他没有勇气去与他们谈话；三则他在纳闷着，老师是要出怎么一个题目。

等得不耐烦了。他打开墨盒来，蘸笔，在带来的纸张上写字。他的手有一点颤抖。他不写字了，腹诵着前几天所读的一篇古文。腹诵了有一半，便梗住了，在第一天腹诵时候所梗住的那个地方，再也想不起下文来。

便是这时候，监考的老师进来了。他看见同试者都站了起来，在老师上了讲坛的时候，行一鞠躬礼，再坐下，他也跟着照样作了。他向老师望了一眼，似乎是心里惭愧，不知道这种仪节，又似乎是心虚，适才的那篇文章没有腹诵出来……还好，老师并没有向他看。

老师，沿了前排的座位，在分散着试题。他焦急的等候着。他很懊悔，进来教室的时候，为什么要靠了门坐上这一排的最末一个座位，为什么不去那边，坐在那边外面一排的第一个座位上，因为，那样，他便可以第一个接到试题，赶早作文了。

一张油印的试题，带着一张打稿子的纸，与试卷，由前桌的同试者交给了他。

是一个他所不曾作过的题目。不过，还不算是顶难。

他把试卷放进抽屉里去了，怕打草稿的时候，一不当心，会在那上面沾了墨渍。他看见同试者有许多是用铅笔在打草稿，那是快得多了，他想；所以，他很反悔，为什么不把家里给他买的那支铅笔带来。不过，再一想，铅笔断了铅的时候，削起来是费事的，他又心里轻松了。

老师的脚步声过来过去个不停。除此以外，只听见纸张的窸窣声，与偶尔的一声抽屉响。

……会客室在那里呢——他一边打着草稿，一边这样的想——交了卷以后，他怎么去他的长辈那里呢……要是有这个大人在旁边——并不用告诉他文章里面要怎样说，只要是坐在一

旁，让他在心里觉得，他并不是一个人在这里，也用不着去愁
会客室是在什么地方，他想，他的文章一定会作得很好。他在
想家了。

草稿虽是不算十分满意，为的怕时候不早了，来不及誊清，
他便只得从抽屉里面去取出试卷来。一句、一句的抄，那是很吃
力的一件事，因为他想把文章抄得很工整，并且一个字也不错，
而他的小楷却是写得极慢，极不好的。老师从他面前走过去的时
候，他的手动了一动，想着把他的文章掩盖起来；并且，脸忽的
红了，心怦怦的跳得厉害。他以为老师是在看他的那一段自己颇
是得意的文，心里有一点自傲。老师在他的一旁站了很久。他所
坐的座位，加上他那种慌张的神情，着实是可疑的——不过，他
自己并不觉得，他并不知道老师守望了许久是为的这个。

已经有几个人交卷了。这时候，他的文章也已经抄得只剩一
两行了。他的心里宽畅了下去。同时，他反悔，早知道是如此，
何以不把文章作得长一点呢？已经誊好了，它是难得再加的。不
过，为了心里已经不慌乱的原故，他的神智清醒了：他可以慢慢
的誊抄着剩余的文章，等候着下一个交卷的人，一同出教室，那
样，会客室便不愁找不到了。

他到了会客室。他的长辈向他要草稿看。那个，他并没有
带出来，是被他放在试卷里面，一起交进去了，这是他的糊涂之
处，因为，他既是在等候着旁人交卷，他应当是会知道旁人是把
草稿给带走的。多么不幸的事情！他不能知道，试卷究竟是作得
如何，它究竟能否叫他考入这个学校！

他走过长廊的时候，向着教室、操场望了一眼；他那颗心里的一种滋味是异样的。

门外的蝉声十分喧噪，这是一个热闷的下午。他很想到塘边去抛瓦片。不过，他还是坐车回去的。

文艺作者联合会

文学这种工作可算得最自由了，凡是"心之所之"的话都尽可以说得。不过话说出去以后，是要人听的。话要是说得有理，说得好，那就必得求其理与好传到可能的最多数之中去。这里有一层困难，便是，说话的人太多了，读者们将要何舍何从呢？倘若能设立"文艺作者联合会"，会中有大家信仰的批评者组织起来一个新书审荐委员会，在机关月刊上评荐本月份各文学类别中的佳著，给读者以指导，那真要算是最圆满的解决方法了。

文学是一种职业，而同时精神最涣散的又算文人。出版业有了结合，文人却没有。作者中的夭亡，不须有的磨难，以及改行、投机等等，固然一部分要怪读者的稀少、外界的迫力，而一大半还要归咎于作者全体之无团结力。文人并不一定要参加政治或社会的运动，才能说是"走到十字街头"；组织一个保护权利、增进公益的团体，使它能遵循了正轨来进行、发展，并且把我国社会中最可恨而最常见的一种现象，倾轧，设法去避免：这正是一班作者的唯一的来表现社会力的途径。

保障作者的权利方面有对外的与对内的两种工作。对外上最扼要的一点是稿酬。无论是售权或抽率，都应当按酌一班书籍的销路以及未来之可能性，订出一种最低的格例，用联合会的力量，监察着出版业去践行。还有稿权的专利，应当明定年限；按照国际的通例，以作者卒后的第三十七年度为专利权的消尽期，并且规定作者的承继人有承继此种专利权的权利。这各项拟有具体的计划书之时，应当向当事的立法机关、行政机关交涉、进行，凭了自身的正义以及舆论的协助，求其定为律法，各方面遵行。

翻译西书时，如原著的专利权对于工作发生阻碍，可由联合会代替译者办理一切扫除障碍的手续。联合会到了势力雄厚之时，并可设立译事计划委员会，拟成系统的介绍翻译他国之文艺名著的计划，征选此种工作的健者分别担任。日本的翻译事业比我们发达得多，大家不肯作黄种中的牛后，这便是努力的时机了！

介绍我国的新旧文艺到外国去，也应该立为此会的目标之一，到了此会的实力充足了之时，便该立刻筹计出妥善的办法来进行。

保障权利方面对内的工作是侵袭的预防与惩罚，转载与采用的条例之规定。

促进公益方面，最重要的事件是失业者的救济、无名作家的援助、诗歌创作的提倡。文艺作者的性格是最怪僻、执拗的，一句话不投机，或是坚持一种异于流俗的主张，便可以自绝于生路。我所知道的，刘梦苇已经因此牺牲了充满希望的一生，这样的悲剧我们决不可坐看以后再行复演。联合会成立了，对于这类的失业者便可以推荐作品，或是给与实际的帮助。

小孩子走路，头一年最苦。初入境的作者，心中那种疑惧、不自信，简直就是地狱里的刀山。初期的作品难逃是幼稚的，不满己意的；加上文稿封寄后那长期的慢得像鲁阳挥了戈的守候——比起这种情景来，那求爱的第一书实在算不得什么。但是，感伤无益，我们要想一个补救的实际办法！

诗歌之重要，不须多说。何以在世界诗坛上占有极高位置的中国诗歌，到如今连书都不见出版了呢？是写诗的后人不争气？是中国已经变成了那全市没有公共图书馆的上海？

古代的民歌

　　《乐府诗集》是一部极有价值的书，此书包括有许多极好的民歌，它又包括有许多考古的材料，我的性子是不近考古的，如今我就诗歌的眼光来批评这部书。

　　从前英国有白西主教（Bishop Percy）搜集英国古代的民歌，作成了他的《古代诗歌遗珍集》（*Reliques of Ancient Poetry*）一书，这书在后来的英国诗坛上引起了很大的影响。"浪漫复活时代"承"古典时代"之敝，正在徘徊于绝路的时候，忽然看见了《遗珍集》这样一部新鲜脱套的民歌集，不觉想象中十分的白热起来，因之在"古典时代"的此路不通的道途外另外走出了一条美丽的路，我们中国的旧诗，现在的命运正同英国"浪漫复活时代"的"古典主义"的命运一般，就是它已经变成了一个宝藏悉尽的矿山，它无论再掘上多少年，也是要徒劳无功的了；为今之计，只有将我们的精力移去别处新的多藏的矿山，这一种矿山，就我所知道的，共有三处，第一处的矿苗是"亲面自然（人情包括在内）"，第二处的矿苗是"研究英诗"，第三处的矿苗便是"攻古民歌"。古民歌除了《乐府诗集》之外，是更无他处可以找到了；我国的诗歌如果能够遵了我所预言的三条大道进行，则英国"浪漫复活时代"的诗人也不能专美于前了。

古代的民歌与一切的诗完全歧异：它并不像诗般限制题材，它是任何题材——只要引起他的情感的——都拿来写，它写这一种新的题材的时候，毫不迟疑，不像一般作诗的人要看看从前的名家曾经写过这一种的题材没有，胸中怀着十二分的犹豫；一班诗的仿效者只知戴上古人的眼镜来看自然，决不肯，决不赞成，用自己的眼睛来看，作民歌的人则因眼界清净，并无古人的影子阻梗其间，所以他能赤裸裸的将真实的自然看出，它也不像诗般用喻陈陈相因，它是以此譬喻是否鲜明来作选用的标准，决不像一般庸碌的作诗的人要步步小心谨慎的摹仿前人，凡是前人未曾用过的譬喻他都不敢去用；民歌在句法上极其自由，有三字一句的，四字一句的，五字一句的，六字一句的，七字一句的，一篇之中，长短错落，极其生动，民歌又喜欢在文字上游戏，这一种特点虽然过于注意了，很能引起重大的恶影响，但能用的得当，也未尝不能添加一种新鲜的风味，这便是民歌的五种特采：题材不限，抒写真实，比喻自由，句法错落，字眼游戏。

民歌中的字眼游戏分为两类：异形同音字的游戏，同音异义字的游戏。第一类的异形同音字的游戏如"碑""悲"：

石阙昼夜题，碑泪常不燥。

三更昼石阙，忆子夜啼碑。

石阙生口中，衔碑不得语。

闻乖事难谐，况复临别离？伏龟语石板，方作千岁碑。

又如"莲""怜"：

我念欢的的，子行由豫情：雾露隐芙蓉，见莲不分明。

余花任郎摘，慎莫罢侬莲。

作生隐藕叶，莲侬在何处。

湖燥芙蓉萎，莲汝藕欲死。

又如"梧""吾"：

桐树生门前，出入见梧子。

仰头看桐树，桐花特可怜。愿天无霜雪，梧子解千年。

桐树不结花，何由得梧子。

又如"题""啼"：

石阙昼夜题，碑泪常不燥。

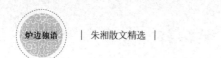

顿书千丈阙，题碑无罢时。

又如"蹄""啼"：

奈何不可言：朝看暮牛迹，知是宿蹄痕。

又如"由""油"：

双灯俱时尽，奈许两无由。

又如"驶""死"：

走马织悬帘，薄情奈当驶。

第二类的同形异义字的游戏如"匹"：

昼夜理机缚，知欲早成匹。

又如"关"：

擒门不安横，无复相关意。

又如"骨"：

飞龙落药店，骨出只为汝。

又如"散"：

百弄任郎作，唯莫'广陵散'。

又如"道"：

黄蘗万里路，道苦真无极。

又如"华"：

郎君不浮华，谁能呈实意。
摘菊持饮酒，浮华着口边。

又如"子"：

五果林中度，见花多忆子。
桐树不结花，何由得梧子。

又如"实"：

还君华艳去，催送实情来。
郎君不浮华，谁能呈实意。

又如"颠倒"：

> 欢少四面风，趋使侬颠倒。

还有合此两类的游戏而成的，如"星""心"，及"负"：

> 画背作失图，子将负星历。

这些例子，都是很有趣味的，从前英国伊丽莎白皇后时代诗学最盛，当时的戏曲家如莎士比亚等在他们的戏曲中是常有这种游戏的，当时的诗人，如多恩（John Donne）也有《破晓》（*Daybreak*）一诗，诗中有这么一句：

> 并非破晓了，破的是我的心。（The day breaks not；it is my heart.）

这首诗是一首抒情诗，正如我在上面所举的各《乐府诗集》的例子一般。

句法错落的例子如《战城南》"战城南，死郭北，野死不葬乌可食"一首；《西门行》"出西门，步念之：今天不作乐，当待何时？"一首；《东门行》"出东门，不顾归"一首；《悲歌行》"悲歌可以当泣，远望可以当归，思念故乡郁郁累累"一首。这一方面最好的例子，长篇中要算《孤儿行》。《孤儿行》中如：

孤儿生，孤子遇生，命独当苦。

三句，第二句中只加上一个"遇"字，便将一种似怨别人又似怨孤儿自己的情境表现出来了；又如：

南到九江，东到齐与鲁。

两句，第二句中的"与"字未尝不可去掉，但是加入它的时候，则节奏和谐抑扬的多。短篇中最好的例子则推《古歌》一首，这首歌中的开端是：

秋风萧萧愁杀人，出亦愁，入亦愁，座中何人，谁不怀忧？令我白头。

这起端诚然如《古诗源》的选者沈德潜所说的，是"苍莽而来，飘风急雨，不可遏抑"，但它最妙在加入末一句"令我白头"，这一句出人意料，加增了十二分的力量。

民歌中比喻新颖的例子，如：

朝霜语白日，知我为欢消。

欢作沉水香，侬作博山炉。

> 侬作北辰星，千年无转移。欢行白日心，朝东暮复西。

皆是。民歌在修辞上不仅有比喻新颖的长处，并且时时作奇语，如"寒不能语，舌卷入喉""忆子腹糜烂，肝肠寸寸断"之类。

古代民歌最大的两种长处是描写真实与题材不限。这两种长处，严格的说来，只是一件事物的两方面：题材不限便是说古代民歌能够描写到诗外的题材，描写真实便是说古代民歌能够将诗所写的题材描写得更为活现，并且能够将诗的题材的各相都描写到，不像诗中仅仅描写此题材的一相。

说到描写真实一层，诗中未尝没有描写真实的文章；汉唐是诗中的创造时代，这一种描写真实的诗是很不少，不用说了，就是到了明清那种摹仿的时代，也未尝没有描写真实的文章出现。即如明代王世贞的拟古乐府的五言绝句，便是很好的例子，又如清代谢芳连的咏田园景物的五言绝句：

> 阴云翛然来，秋瓜喜新涤。村际日华明，檐边雨犹滴。

> 晚食爱凉风，家家豆棚坐。

清代王士祯的仿佛泼墨画又仿佛入禅语的诗：

> 时见一舟行，濛濛水云外。

一半白云流，半是嘉陵水。

雨后明月来，照见山下路。人语隔溪烟，借问停舟处。

江天一夜雪，不辨孤村路。时闻断雁声，遥向江南去。

不过这些都是例外；一班作诗的人却都是只知誊抄古人，不敢或者说不能直接去誊抄自然的。古代作民歌的人因为没有古人阻梗在他们的眼中，所以遇到优异的民歌作家的时候，常常能不疑地去直接誊抄自然，不像诗中的优异作家还时常怀着一种犹豫的态度。

农家生活诗人中也有描写的，但皆偏于清远一方面，如王维、韦应物的田园五古是。清远便是注重神味的意思，它是很好的，但倘得一人来在"远"字的对方"近"字上面下点功夫，作出些写实的田园诗来，岂不也是很好吗？诗人中也有这样一个人，这个人早被有眼光的沈德潜看出来了，他便是储光羲。储氏这一方面的成绩大半不是有意的，沈氏的发现也只能使他表示出他对于这位实写从事于"为天"的职业者生活之诗人的敬意，而不能使他看出这实在是诗学上的一种革命来，但一个仍不失为一个大诗人，一个也仍不失为一个大批评家。储氏这一方面的诗便是：

既念生子孙，方思广田圃。

儿孙每更抱。

　　　　终年登险阻，不复忧安危。（两句极有经验之谈，却被沈氏解为"山中之险阻，异世途之险阻，故登而不危"，也是未能免俗之言。）

几个很少并且很短的例子。例子虽少，仍不失为一种革命，望读者不要因它们的"量"小而将它们的"质"重忽略掉了。英国桑兹伯里（Saintsbury）评柯勒立基（Coleridge）为英国的第一流诗人，但桑氏所凭以判定柯氏之崇高位置的只是一首诗，这诗只有五十四行，并且未完，它便是《忽必烈汗》（*Kubla Khan*），这一种脱俗的眼光正是我们所应尊重、仿学的。

　　本来是讲农家生活的诗的，却岔入别条路去了，虽说路岔的并非徒劳无功，但让我们这次还是走回原路罢。

　　诗中描写田园生活的文章只有上述的两种，田园生活的艳的一方面则是向来没有看见过任何诗人着力描写过的，所以如此的原故，便是农家生活在从前文人的心目中是一种特别的象征的原故。我在上面批评沈德潜对于储光羲的田园诗所持的态度的话很可拿来此处参考。作民歌的人没有这种成见在他们的胸中，所以他们能够作出

　　　　系桑条采春桑，采叶何纷纷；采桑不装钩，牵怀紫罗裙。

　　　　行者见罗敷，下担捋髭须；少年见罗敷，脱帽着帩头。耕者忘其耕，锄者忘其锄。来归相怨怒：但坐观罗敷！

一类新艳的诗来。自古以来的诗人因为国俗重农的原故，所以对于农家总是存着一种尊重的态度，写到他们的时候，总是联想起天子躬耕后妃亲桑一类的古典来；农人勤苦，诚然是值得尊敬的，但不知农人也是"人"，并非只是备人崇拜的"神"，农人的生活除了耕耘外，也有他相的，"艳情"即此"他相"中的一相。

古代的诗中如《诗经》的"采采卷耳，不盈顷筐"，又如唐人张仲素的"提笼忘采叶，昨夜梦渔阳'，都是拿忘记手头的事来刻画忆远出神的，但《古乐府》中有这么两句："与君同拔蒲，终日不盈把。"这简直是两人终日相对而将手头的事忘记了；翻陈出新，有趣之至。

又如：

团扇复团扇，持许自遮面。憔悴无复理，羞与郎相见。

一诗，立意新巧，不下英国诗人卜来尔（Prior）所作的《镜子交给维纳司的女子》：

Venus, take my votive glass:

Since I am not what I was,

What from this day shall be,

Venus, let me never see.

一诗。这一首《团扇诗》，毫不落入诗中成千成万的以秋扇见捐比女子见弃的恶札俗套。

古代民歌中描写真实的最好的例子要算《孤儿行》，诗中最沉痛的一段是：

> 瓜车翻覆，助我者少，啖瓜者多，愿还我蒂，独且急归，兄与嫂严，当兴较计。
>
> 乱曰：里中一何谣谣；愿欲寄尺书，将与地下父母，兄嫂难与久居！

像这一种极妙的写实诗，不说英国最出名的民歌 "*Sir Patrick Spens*" 比它不上，就是英国的各大诗人也作它不出来；它是一首充满了土的气息的好诗，它的性质与想象幻妙的英诗完全不同。我们由此，也可以看出一种我国的诗的可以发展到很高的地位的特采来。

说到题材不限一层，古代的民歌有两方面的贡献，第一方面是古代民歌描写感觉，第二方面是古代民歌发抒艳情。

现在的一班人都是埋怨我国古代不重科学的分工，文学，尤其是诗，在他们的眼中，是更谈不上"分工"二字的了。不知偏偏在我国古代的文学中有一种分工的现象发生，这一种分工的现象便是，诗重思想或豪放的情感，词重柔和的情感，所以词中还有周邦彦的《少年游》：

> 低声问，向谁行宿？城上已三更；马滑霜浓，不如休

去，直是少人行。

以及陆游的《朝中措》：

> 怕歌愁舞懒逢迎，妆晚记春醒，一种向人深处，当时枉道无情。

一类的写情细腻的词，"诗"中则一个这种例子也没有，只是苏轼的《石鼓歌》一类思路巧妙的诗比比可见。词，在一班旧学者的眼中，是远在诗之下的，因为词"格不高"。到了现在，新思想"洪水"般泛滥入中国后，这一种旧思想是铲除掉了。解放了的青年，对于文学有趣味的，就要怅惘的呼起来了："难道中国竟没有一首言情的诗吗？难道中国真是一片无情的沙漠吗？"不然，"恋情"在中国的诗境上也留下了她的足迹的，不过我们要"礼失求诸野"罢了。"野"便是《乐府诗集》，它含有：

> 三伏何时过，许侬红粉妆？

> 御路薄不行，窈窕决横塘；团扇障白日，面作芙蓉光。

> 揽裳踱，跣把丝织履，故教白足露。

> 笼车度蹋衍，故人求寄载；催牛闭后户，'无预故人事'！

　　扬州蒲锻环，百钱两三丛，不能买将还，空手揽抱侬！

一类的写情艳丽刻画活现的民歌，表示出中国也有诗人在这一方面有成绩，并不见得只有英国有赫立克（Herrick）与卜来尔的。

　　英国的大诗人济慈作了许多描画美妙的感觉的诗，如《我跐着脚立于小山上》（*I Stood Tiptoe Upon a Little Hill*）一篇描写诗，又如《圣厄格尼司节的上夕》（*St. Agnes'Eve*）一篇长体叙事诗，都是描写一些新鲜的感觉的；这一种的诗在我国的诗中很难找到，除开《乐府诗集》中有两个例外：

　　叠扇放床上，企想远风来；轻袖拂华妆，窈窕上高台。

　　天寒岁欲暮，朔风舞飞雪；怀人重衾寝，故有三夏热。

　　尤其是第一首，这首诗就是教济慈用了他最得意的文笔来作，也只能作出这个样子来。

　　这便是古代民歌在诗的题材上的两种发展。

　　这五种古代民歌的特采，除掉字眼游戏一种之外，别的四种特采，都是值得我们从事于新诗的人的充分注意的；我不敢讲这四种特采在古代民歌中已经发展到了最高的地位，但它们都是有望的花种，我们如能将它撒在膏腴的土地上，它们一定能发出极美丽的花来。

五绝中的女子

我国各种诗体中提到女子的地方很少。五七言古诗中，除了一些借古代失宠的妃女而发挥自己的牢骚的诗，或是一些讥刺当代或古代的女子的诗外，简直不见有女子的踪迹，五七言律诗中的情形也差不多少。只有五七言绝句中歌咏女子的时候最多。而绝句中咏女子的诗也可分为几类，第一，与五七古一样，是咏古代失宠的妃女的诗，这一类诗的题材不外王昭君、班婕妤等等人，如皇甫冉的《婕妤怨》、王昌龄的《长信怨》等诗是；第二，也与五七言一样，是讥刺女子的诗，这一类诗的题材不外息夫人、杨贵妃等等人，如王维的《息夫人》、杜牧的《华清宫》等诗是；第三，是宫词，这一类的诗分为悲、乐两种，悲一方面的如崔国辅的《怨词》，刘方平的《春愁》，乐一方面如王昌龄的《朝来曲》，王建的宫词"太仪前日暖房来"一首等诗是；第四，是忆夫诗，这一类的诗如谢朓的《王孙游》，张仲素的《秋闺思》"秋天一夜静无云"一首等诗是，附于这一类的有一种"思君如"体的诗，如，徐幹的杂诗"思君如流水，何有已穷时"，张九龄的《自君之出矣》"思君如满月，夜夜减清辉"等诗是；第五，是咏女子意态的诗，这一类的诗便是我现在所要谈论的。

我所以特别提出这一类的诗来谈，而将前四类忽略过去了，是因为第一第二两类浅一点，第三类稀一点，第四类滥一点的原故，——虽然各类中不乏佳作。唯有最末一类咏女子情态意念的诗极其新颖有趣，所以拣它出来谈谈。这一类的诗以五言绝句中的例子为最多，七言绝句中极少，依我所看见的，只有一个好例子：韩偓《新上头》中的

为爱好多心转惑，

遍将宜称问旁人。

五言绝句中则这一种的例子不胜枚举，它们在中国的诗坛上实在占有一很有趣味的位置，这一类诗的远祖无疑的是《诗经·国风》中的情诗了，这一些"古典"的情诗大半是当时战国时代的一班无名氏作的；他们衣钵相传，直到六朝的时候，社会的情形与战国时代差不多远，于是这一类的诗便大盛起来（在唐代五绝的促成上，这一类的诗也是很有功劳的）；这样，经过了唐宋金元，此类的诗生命不断如缕的延绵下去，直到明代诗学上复古的风气大盛，有王世贞从古诗中将这一类的诗复活起来，于是它们又盛，成了此类诗的发达第二期，与六朝时此类诗的发达第一期前后辉映，令西来的"情诗"船舶在我国诗岛的灯塔上还依稀的窥出有这一点光明照着，并非完全黑暗的。

此类诗的开卷第一篇便是一个无名氏的《乌夜啼》：

> 可怜乌桕鸟，
>
> 强言知天曙。
>
> 无故三更啼，
>
> 欢子冒暗去。

第二首的作者是一个道士，叫宝月的《估客乐》：

> 莫作瓶落井，
>
> 一去无消息。

刘孝威《咏美人冶妆》有这么两句：

> 上车畏不妍，
>
> 顾盼更斜转。

又是一个无名氏在他的——或是她的，我考据不出来——《子夜警歌》中说：

> 恃爱如欲进，
>
> 含羞出不前。

到了唐代，崔颢有两首《长干曲》是这样：

> 君家住何处？妾住在横塘。

停舟暂借问，或恐是同乡。

家临九江水，来去九江侧。

同是长干人，生小不相识！

李端的《听筝》中有这么两句：

欲得周郎顾，

时时误拂弦。

金代有元好问此生仅存的硕果：

举头见郎至，

低头采莲房。

如今到了明代了。王世贞一人作了四首这种的诗，并且它们都是
可以传后的：

折杨柳歌

莫作中女郎，懊恢不可言。

大姊得早嫁，小妹得娘怜。

桃花二三月，故爱东风吹。

阿母不嫁女，忘取少年时！

那呵滩

郎来如上滩，五步三步留。

郎去如下滩，謇疾不回头。

浮游花

侬作树上花，日日波上红。

郎作波上花，浮游无定踪。

清代这一类的诗简直少有，只有吴伟业《古意》中的两句：

侬似衣上花，

春风吹不去。

我们看了上面所征引的例子，知道这一类的诗也是分为两种，第一是咏女子意态的诗，第二是艳诗，并且附有一种"郎侬"体的诗的。

王维的诗

　　王氏在古体中五古长似七古，绝句中五绝长似七绝，律诗中五律长似七律。这种工短句而不很工长句的事实并非偶然，它与作者的文体间是有一种密切的关系。因为作者的文体是一种重神韵的文体，讲究暗示而不讲究直叙，着重弦外之音而不着重言尽于辞，所以短句成了他的得意的工具，短句上再加短篇，所以王氏的五绝独擅今古。

　　五绝中诚然还有一个伟大的作家——李白；他们两人的著作我都是心爱的，我不情愿在他们之间下一种谁优谁逊的比较，即如李氏的

　　　　众鸟高飞尽，孤云独去闲。

　　　　相看两不厌，只有敬亭山。

一首写出静坐的境地的抒情诗，以及

　　　　天下伤心处，劳劳送客亭。

　　　　春风知别苦，不遣柳条青！

一首构思巧妙的诗，我们能在王氏的诗中找的出来吗？然而王氏有

> 春池深且广，会待轻舟回。
> 靡靡绿萍合，垂杨扫复开。

这样一首幽景的诗。

> 秋山敛余照，飞鸟逐前侣。
> 彩翠时分明，夕岚无处所。

这样一首微妙的着色诗。

> 人闲桂花落，夜静春山空。
> 月出惊山鸟，时鸣春涧中。

这样一首充满禅意的诗，也是李氏所作不出的，并且王氏有他个人的文体，终唐之世，只有杜甫的特别文体可以与它对映。

五言绝句的趋向很多，写境的趋向可以拿一个不出名的作家许浑的

> 夜战桑乾北，秦兵半不归。
> 朝来有乡信，犹自寄寒衣。

一诗来代表，写景的趋向也可以拿一个不出名的作家畅当的

> 回临飞鸟上，高出世尘间。
>
> 天势围平野，河流入断山。

一诗之中第一第三两句来代表，写情的趋向可以拿一首作者虽出名而此诗尚未为人所真正发现的白居易的

> 绿蚁新醅酒，红泥小火炉。
>
> 晚来天欲雪，能饮一杯无？

一首有微妙的抒情旨趣的诗作代表；重含蓄的趋向可以拿王昌龄的

> 日昃鸣珂动，花连绣户春。
>
> 盘龙玉台镜，唯待画眉人。

一诗作代表。搜巧思的趋向可以拿李端的

> 鸣筝金粟柱，素手玉房前。
>
> 欲得周郎顾，时时误拂弦。

一诗作代表。但这些代表著作在别国的文学中都可以找得出来的，唯有王维的那种既有情又有景，外面干枯，而内部丰腴的五言绝句是别国的文学中再也找不出来再也作不出来的诗。它们是中国特有的意笔之画与印度哲学化孕出的骄子，它们是中国一个

富于想象的老人的肖像，它们是中国文化所有而他国文化所无的特产！保存哪！我们应当怎样的保存哪！

五言绝句重神韵，七言绝句重飘忽。飘忽便是沈德潜所谓的"一唱三叹"，英国桑兹伯里所谓的"抒情的紧张"（lyrical intensity），这种抒情的紧张完全以诗的音乐表现情绪，在英国有雪莱（桑氏所以推重雪氏，即以此故）的诗，在中国便有七言绝句（就中首推李白的为最高）。这种七绝不是王维所擅长的。他虽然有"渭城朝雨浥轻尘"一首七绝为古今所传诵，但我觉得它很平常，我猜想它所以盛于当代的原故，是因为将它谱入音乐的乐谱，《阳关三叠》很美妙，所以辞也就借谱而传了。

王氏的用画笔、达禅机的两种特长在他的五言律诗中（七言律诗中稍微有一点），以及五言古诗中（七言古诗中也稍为有一点）同样的表现，不过不像在五言绝句中那样融洽而神妙罢了。

律诗中的七律是一种很堂皇的诗体，王氏用来作了不少应酬皇帝豪贵的诗，是很得体的。作者的如画的描写以及灵活的想象没有一个休歇的时候，所以就是在这种被动的当儿，也产生了不少的好句子，即如：

九天阊阖开宫殿，万国衣冠拜冕旒。

两句的庄严之景，

云里帝城双凤阙，雨中春树万人家。

两句的富丽之景，《敕赐百官樱桃》一首的流走自然，都是非大手笔不办的。

王氏的五言律诗中写一种清超的风景，与五言绝句中所写的充满禅性的幽景不同。如：

> 古木无人径，深山何处钟。
>
> 泉声咽危石，日色冷青松。
>
> 日落江湖白，潮来天地青。

一类的写景是很上乘的。又有：

> 日影桑柘外，河明闾井间。
>
> 牧童望村去，田犬随人还。

四句，将北方农田的景象活现的烘托出来了。我因了它们，不觉得联想起王氏唯一的后继，一个也是以五绝擅长的诗人，清代的王士祯的一首五绝：

> 苍苍远烟起，槭槭疏林响。
>
> 落日隐西山，人耕古原上。

这首诗也是写北方的田景，写的也是同样的佳妙。我看，在北方住过的人，看了这两首诗，一定会想起那一种寥落的景色，而连声赞叹王士祯诗中的"疏"字，称美王维诗中"望"字的。

王维的五言律诗中又有几句为我所喜的，它们就是咏雪的

隔牖风惊竹，开门雪满山。

洒空深巷静，积素广庭闲。

四句。它们之中别的都浅，就是一个"静"字与一个"闲"字深刻之至。

王氏的五言律诗久为世人传诵，所以我在这里只在写景上举了两个久见称道的例子，而别的不举。至于在达禅上，我则没有举任何例子，虽然这种例子也是很多的。沈德潜的《唐诗别裁集》中就有很多，所以我就不提了。唯有"日影桑柘外"四句以及"隔牖风惊竹"四句为前人所忽略，所以我特别的提出它们来谈一谈。

王氏的五言律诗清秀（前人称王氏为"词秀调雅，意新理惬。在泉成珠，着壁成绘"，便是"清秀"的意思；但"清秀"两字只能包括他的五言律诗以及其他而言，他的五言绝句则非"清秀"两字所可范围的）流走，令人读去，不像是读着一种诗体矫揉的诗，这便是他的五言律诗的最大长处；古人称美他的五律，将他与杜甫并列为五律中最伟大的作家，并非无由。

王氏的七言古诗可以当得"平稳"两字，此外更没有什么可以说的了。

从前的人说王维像陶潜，这不过是指他的五言古诗而说的，至于王氏的五言绝句、五言律诗，在陶氏的诗中那里找得出？王氏的五言古诗也是以短篇擅长，可以拿《春夜竹亭送钱

少府归蓝田》

> 夜静群动息，时闻隔林犬。
>
> 却忆山中时，人家涧西远。
>
> 羡君明发去，采蕨轻轩冕。

一首很有神韵的诗来代表；对比起来，它也可以说是与陶潜的"结庐在人境"一诗先后辉映了。

王氏到了老年，虽然禅寂、茹素，但在少年的时代，他也是一个英气勃勃摆脱一切的人。（陶潜在少年的时代也是很有志气的，"少时壮且厉，抚剑独行游"。两句诗便是一个确实的证据。）不然，王氏便写不出下举的好诗来：

> 五帝与三王，古来称天子；干戈将揖让，毕竟谁者是？
>
> 楚国有狂夫，茫然无心想。散发不冠带，行歌南陌上。
>
> 孔子与之言，"仁""义"莫能奖！未尝肯问天，何事须"击壤"？复笑采薇人："胡为乃长往？"
>
> 风劲角弓鸣，将军猎渭城。草枯鹰眼疾，雪尽马蹄轻。
>
> 忽过新丰市，还归细柳营。回看射雕处，千里暮云平。

周邦彦的《大酺》

"对宿烟收，春禽静，飞雨时鸣高屋。墙头青玉旆，洗铅霜都尽，嫩梢相触。润逼琴丝，寒侵枕障，虫网吹黏帘竹。"

南方的房屋高而瘦，不像北方的那样矮而肥；并且它们也比北地的大得多。住在江南的房屋中，愉悦的感觉到一种虚幽的风味。加上南方的房屋是较深的，光线不容易透进来，在屋顶上又有几块半明半暗的天窗，更增加起了室中的幽趣。在春天梅雨左右的时候，凡人手所接触到的东西都呈现一种新奇的潮润，并且一阵阵可喜的轻寒不时的向面上飘拂而来；连绵的雨声节奏的敲击于屋顶之上，在深邃的房屋中惊起了微妙的回音。

室口悬着去夏的竹帘；要是在北方，这时还是挂着冬天的青布棉帘呢。竹帘与房门一般，是阔而高的；帘腰上的横木用细绳系在屋檐之下，将帘悬起；绳子经过了不少的雨露风霜，变成深灰色了，有许多短的蛛丝黏附于绳上，帘纹间也可发见不少蛛丝的痕迹，至于介于竹帘与格子长门扇间的空间中更有一些完整的蛛网，网上还附着微小的雨点。帘与屋檐间有蛛网，在北方是不可能的，因帘常被掀起之故；在江南，则因竹帘有绳悬起，常处于不动的状态中，于是蜘蛛们的经纶之才便有了游刃的余地了。

我住屋的小院里有一棵杏树，枝叶茂密，枝条特别的柔韧，确有一种嫩梢相触的情景，宛不如北方的树木，枝与干一般的硬，像我们平常在古画中看见的一模一样。杏树的枝干是青黑色，叶子永远的新鲜，与北方雨后灰尘洗去的柳叶一样，在梅雨的时光中，杏叶上摇晃着一片白的颜色。杏荫覆满一院；屋中已是熹微的光景，被杏荫遮的更熹微了。室中的人，在这种时候，恍如置身于轻烟之中，又如神游于凉梦之内。

隔院是一棵刚才坼叶的梧桐，笔直的，大半截不见一叶，并且高而耸，与它身旁的檐壁一样。它活像一柄长伞，柄是淡绿，伞是可爱的透光的青。

不知从什么地方，不断的送来春鸠的啼声。

笠翁十种曲

从前的时候，我看笠翁的曲子，我的意见完全与毁它们的人一般，它们的思想浅陋。到了现在我得到机会，将它们重看了一遍，我的意见改变了，——并不是说我现在讲它们不思想浅陋了，只是，我看出了它们在另一方面所有的长处。

笠翁自己说过的，"可惜元人，个个都亡了；若使至今还寿考，过余定不题凡鸟"。元曲的价值在搬演上，笠翁的戏曲也是一般。元人用了一种通元代之俗的文字来写他们的曲子，笠翁也用一种通清代之俗的文字来写他的曲子，在他的曲文中，我们没有看见过一个元人用的字眼，如"颠不剌的""兀的"，等等。这因为他有眼光，知道通元代之俗的不必能通清代之俗。

笠翁的曲子所以能在戏台上收很大的功效，还有许多别的原故。

第一是，情节新奇。别的人写凤求凰，他偏写一篇《凰求凤》；别的曲子里面总是生旦团圆，他的《奈何天》一曲之中偏是丑旦和合；别的戏便是戏没有什么曲折，他的《比目鱼》偏以戏作戏，并且戏中有戏。

第二是，结构紧凑。笠翁的戏曲，篇篇的布局都好；而尤推《凰求凤》一曲的结构为最好。

第三是，排场热闹。《蜃中楼》的"结蜃"出用一种新奇的布景来惊观众的眼目，便是一例。笠翁的曲子，还有一种地方引起细心人的注意，这便是它们差不多每篇中都有武行上场；这些武行大半时候是与戏中的情节没有什么大关系的，简直可以删去（除了《巧团圆》三篇），这些武行的穿插无疑是为投合一般喜欢看热闹的观众而设的。并且还有狮子、象、老虎、海豹、鬼，等等东西上台，这也是一般的"观"众所极欢迎的。

第四是，诙谐洋溢。笠翁的戏曲不仅是本本中充满了不绝的笑声与可笑的人，并且他还能创造出许多令人发噱的境地来，这是一个天才的喜剧家所独有的禀赋，并非一般人所渴望到的。

这些都是笠翁的可誉的地方。

在一般的时候笠翁是很小心的，十种曲尤其是他的小心的著作（我们看他自己在他所作的《偶集》的"词曲部·宾白·词别繁减"一款中所说的"如其天假以年，得于所传十种外，别有新词"，又看《十种曲》的第九种《巧团圆》的"词源"出中所说的"浪播传奇八种赚来一派虚名"，只提起十种，而将他所作的许多种别的曲子略去不提，也可看出他的用意所在来了），但这十种小心的著作中也未免有些大意的地方。即以《怜香伴》一曲而论，我就无意的发见了两处大意：第一处是上卷之十七页的"画堂书"中有这么一句，"去春此日正悲秋"，此句以"春"代"年"而用，或将"秋"虚用，固然勉强用的过去，但"春""秋"两字合用在这一句里面，终嫌有点刺眼；第二处是上卷之上的第十九页中有"也不负我一番捻髭之苦"一句，用"髭"字于一个少年的身上，未免不妥——虽然近代时髦的少年中也有蓄起短髭以示俏皮的。

刘梦苇与新诗形式运动

我看了景深兄的《小说史中谈到诗人》一文，里面说有人讲刘梦苇不配算作诗人，这教我忍不住要插一句嘴。新诗形式方面的一种运动，外间简直没有人知道真相（本来世上的事都是这般）。我既然是这个运动当中一个活动的人，内情我又知道得详细，要是在这梦苇（新诗形式运动的总先锋）受人侮蔑的机会，我不出来说一句公道话，那我就未免对不起死者，也对不起这个运动了。

这个运动的来源很久。音韵从胡适起就一直采用的。诗行方面，陆志韦的《渡河》当中就有许多字数划一的诗。关于诗章，郭沫若很早的已经努力了。不过综合这三方面而能一贯的作出最初的成绩来的，那却要推梦苇。我还记得当时梦苇在报纸上发表的《宝剑之悲歌》，立刻告诉闻一多，引起他对此诗形式上的注意。后来我又向闻一多极力称赞梦苇《孤鸿集》中"序诗"的形式音节。以后闻一多同我很在这一方面下了点功夫。《诗刊》办了以后，大家都这样作了。

《诗刊》之起是有一天我到梦苇那里去，他说他发起办一个诗的刊物，已经向《晨报副刊》交涉好了。他约我帮忙。我当时已经看透了那副刊的主笔徐志摩是一个假诗人，不过凭借学阀的积势以及读众的浅陋在那里招摇。但是我看了梦苇的面子，答应了。由他动议在闻一多的家中开成立会。会中多数通过《诗刊》的稿件由到场各人轮流担任主编，发行方面由徐志摩担任与晨报馆交涉。

我终于与《诗刊》决裂了。关于此事，我曾经同梦苇用函件往返讨论过多次。他有一封信写得极其诚恳，里面说他也知道徐志摩油滑，不过逼于情势，不得不继续下去——可怜的梦苇，他那想得到那班知道《诗刊》内情的人不单不肯在他死后把《诗刊》真相公布出来并且还有人要否认他作诗人呢？

梦苇的诗至少不像梁启超的高足那样读别字、写别字。（《翡冷翠的一夜》中《大帅》原载《晨报》，诗中原用"掷"字协"坑"字，我当时告诉了梦苇，大家开了一阵玩笑，一年后我又告诉于赓虞，便这样间接的由诗人改了。再过一年，《翡冷翠的一夜》出版，诗人自署的书签当中又把个"冷"字都写错！"冷"字右旁从"号令"的"令"，不从"古今"的"今"，这一点小分别一个"一手奠定中国文坛"的人不该不知道。我们"不当"对他"再要求什么"了吗？）

谈《沙乐美》

　　王尔德的《沙乐美》已经有了两种中文的译本了。这两种译本我虽然都没有见过，但大家对《沙乐美》发生的兴趣，就此已可看见。不错，一个人读过了《沙乐美》，决定是免不了发生兴趣的。我自己就是对它发生热烈兴趣的一个，我忍不住要来谈它一下——"谈"字却不很妥，恐怕还得换个"赞"字才好。

　　这出剧本是一件完美的艺术品、奇特的艺术品。任是从布景方面讲来，或是从结构方面讲来，或是从内容方面讲来，或是从词藻方面讲来，它都无疑的是一件艺术品。

　　月亮这件东西，在文学里面，可以说是最陈最滥的一件东西了。文学的月亮，可以说是同真正的月亮一样，已经变成一种僵硬无生气的东西了。然而文人的笔是一件最奇怪的物件：严厉起来，它可以诛乱臣贼子；仁慈起来，它又能使尸首般的"月亮"复活。王尔德便是这个文人。

　　我们试看他的《沙乐美》戏里那一件事发生的时候，任是沙乐美甘言教侍卫长放先知出来的时候，或是沙乐美爱上了哀奥迦南的时候，或是沙乐美替国王跳舞的时候，或是沙乐美向国王要哀奥迦南的头的时候，或是沙乐美吻着人头同时被侍卫打死的时候，那一时没有月亮在上头作着见证？

不单是作见证呢。我们试看沙乐美由一个洁白的童贞一转而成一个胸中腾沸着爱的赤潮的女子的时候，月亮不也是由冰的白变成了火的红了吗？国王的灵魂里燃炽着肉的烈焰的时候，王后的灵魂里迸裂着嫉妒愤怒仇恨的火山的时候，月亮不是也变了吗？沙乐美的朱唇吻着哀奥迦南的热血的时候，沙乐美自己的热血飞溅的时候，月亮不是也变了吗？

月不单是全剧的一个象征，它并且是剧中每个人的象征。王后的侍御是一个胆小的，永远怕"可怖的事情会发生"的人，所以月亮在他的眼中变成了一个女鬼，从坟墓里钻出来了的女鬼，行步很慢而是寻找着什么的女鬼。侍卫长是一个在恋爱中的少年，所以月亮在他的眼中变成了一个公主，披着鹅黄色面纱的公主，白银作脚的公主，鸽子的嫩翅膀作脚正在舞蹈着的公主。希洛是一个荒淫的妻子，曾经嫁过许多人的，如今正在妻子的女儿身上打主意的国王，所以月亮在他的眼中变成了一个妇人，一丝不挂的就是要想替她遮掩起来她都不要遮掩的妇人，四处流浪找男子的妇人，喝醉了酒东跌西倒的妇人。希罗底亚是一个有实际眼光的王后，所以月亮在她的眼中还是月亮，毫无别的意义。

沙乐美看见了月亮的时候说：

> 望月是多么爽快的一件事！她正是一小块银的钱，一小朵银的花。她是冰冷的，贞洁的。我敢断言她是一个童贞。她的美与童贞的美完全一样。是的，她是一个童贞。她再也没有点染过她的身躯。她再也没有委过身给男子，像别的女神那样。

她的这段话是说月亮，也就是说她自己。

月神岱亚娜看见了美丽的牧童安地明，在纯贞的胸中，燃起了爱的火，到底在烈特摩司峰上当他睡熟的时候偷着吻他一下，了结这笔情债。同样，沙乐美也有她个人的爱的方法。

希腊神话里面说凡是被岱亚娜在梦里吻过的人都变成诗人，王尔德，我们可以相信也是此中的一个。不然，他决写不出这种月光般透明，月影般美丽的文章：

> 还有晨光的脚，轻落在高树的树叶面上的晨光的脚，也没有你的身体那样白；还有月亮的胸膛，轻压在海的胸膛上面的月亮的胸膛，也没有你的身体那样白。

> 你的身体白得可怕。它像一个遍体白斑的害麻疯的人的身体。它像一堵毒蛇爬行过的白粉墙，一堵蝎子作过窠的白粉墙。它像一座涂垩过的坟墓，墓中满是令人作恶的东西，

> 哀奥迦南，我是爱上了你的头发。你的头发像一丛一丛的葡萄，伊登地方的黑葡萄。你的头发还像列巴农地方柏树上的密叶。……连树林里的沉默都没有你的头发那样黑。

> 你的嘴唇比那些在榨酒机上踩葡萄的人的脚都红，你的嘴唇比那些养在寺院里面有祭司饲喂的鸽子的脚都红。……你的嘴唇像渔人在落日的海中找到的一枝珊瑚。

我有黄的宝玉，老虎眼睛一般黄的宝玉；我有红的宝玉，鸽子眼睛一般红的宝玉；我有绿的宝玉，猫儿眼睛一般绿的宝玉。

从前希腊的诗人希西厄德作了一首诗，特地描摹希腊最大的勇士赫酋里士的盾牌是个什么模样，王尔德的这出戏也可看作是一幅给希腊最美的女子赫仑绣的五色陆离的帷幔。

为什么要读文学

科学在英国气焰正盛的时候，提倡科学极力的赫胥黎，他作过一篇文章，《论博习教育》（*On Liberal Education*），在一个完美的大学课程中，将文学列为一主要的项目，这是值得我们深思的。文学是文化形成中的一种要素——就古代的文化说来，如同中国的、希腊的，文学简直就是文化的代名词。我们不要作已经开化的人，那便罢了，如其要作，文学我们便要读。生为一个中国人，如其，只是就诗来说罢，不曾读过《诗经》里的《国风》、屈原的《离骚》、李白的长短句、杜甫的时事诗，那便枉费其为一个中国人；要作一个世界人，而不能认悉亚吉里士（Achilles）的一怒，犹立西士（Ulysses）的漫游，但丁（Dante）的地狱，莎士比亚的《哈姆雷特》（Hamlet），以及浮士德的契约，那也是永远无望的。在从前的教育中，不仅中国，外国也是一样，文学占了最重要的位置，这种畸重的弊病当然是要蠲除的。不过在如今这个科学横行一世的时代，我们也不能再蹈入畸轻的弊病，我们要牢记着文学在文化中所占有的位置，如同那个科学的向导赫胥黎一样。

这是要读文学的第一层理由，完成教育。

人类的情感好像一股山泉，要有一条正当的出路给它，那时候，它便会流为一道灌溉田亩的江河，有益于生命，或是汇为一座气象万千的湖泽，点缀着风景；否则奔放溃决，它便成了洪水为灾，或是积滞腐朽，它便成了蚊蚋、瘴疠、污秽、丑恶的贮藏所。只说性欲罢。舞蹈本是发泄性欲的正道；在中国，乐经久已失传，舞蹈，那种与音乐有密切的关系的艺术，因之也便衰废了，久已不复是一种大众的娱乐了，到了如今，虽是由西方舶来了跳舞，它又化成了一种时髦的点缀品，并不曾，像张竞生先生所希望的那样，恢复到舞蹈的原本的立场，那便是，凭了这种大众的娱乐，在露天的场所，节奏的发泄出人类的身体中所含有的过剩的精力。因此之故，本来是该伴舞的乐声洋溢于全国之内的，一变而为全国的田亩中茂盛着罂粟花，再变而为全国的无大无小的报纸上都充斥着售卖性病药品的广告。

在末期的旧文学中，亦复呈露着类似的现象；浮夸与猥亵，除此之外，还有什么？浮夸岂不便等于向鸦片烟灯上去索求虚亢的兴奋；猥亵的文字，那个俏皮的 $(x+y)^2$，岂不是在实质上毫无以异于妓院中猥亵的言词，那个委琐的 $x^2+2xy+y^2$？这便是文学离开了正道之时所必有的现象，换一句话说，这便是文学没有指示出正道来让情感去发抒之时所必有的现象。

发抒情感的正道是什么？亚里士多德所说的 Katharsis 便是中国所说的陶冶性情（在文学方面）与正人心（在音乐方面）；那便是教内在于心的一切情感发抒于较高的方式之内，同时，因为方式是较高的，这些发抒出了的情感便自然而然的脱离了那种同时排泄出的渣滓，凝炼成了纯粹的、优美的新体。像辜勒律己（Coleridge）的《古舟子咏》内那个赴喜筵的宾客，在听完了舟子的一番自述之后，成为一个愁思增加了，同时智慧也增加了的人那样一个人，在读完了一本文学书以后，也会得有同样的体验——这是说这本书是一本好文学的话。

中国人许久以来对于文学（诗是例外）是轻视的，因之，只有少数的几种情感能在文学中寻得发抒的途径，而这少数之中还有大半是较为低级的情感；这是受了宋代儒家一尊的恶影响，正如欧洲中古时代的文学之所以不盛，是受了当代的罗马教堂的教旨一尊的恶影响那样。战国文学与唐代文学，与希腊文学一样，是不自觉的兴盛起来的；那是文学的青年时代。中国的文学与欧洲的都已经度过了那给青年时代作结束的烦闷期。如今，欧洲文学的壮年时代，由文艺复兴一直到现代，已经是结成壮硕的果了，中国文学的壮年时代则尚在一个花瓣已落、果实仍未长大的期间。要一切的情感都在文学内能寻得优美的发抒的道路，新文学的努力方能成为有意义的、伟大的。一千年来，中国人的情感受尽了缠足之害，以致发育为如今的这种畸形；解放与再生这许多任是较为高级的或是较为低级的情感，再创造一座千门万户的艺术之宫，使得人类的每种内在的情感都愿意脱离了蛰眠的洞穴，来安居于宫殿之上，嬉游于园囿之间，歌唱于庭际、房中，拨剌于池上、湖内：这种伟大、光荣而同时是艰难的建设，是要诵读文学的与创作文学的中国人来共勉于事的。

要发抒情感，这所以要读文学的第二层，最重大的一层理由，在中国的现状之内，便附带着有一种先决的工作——那便是，再生起来那蛰伏于中国人的内心中的一切人类所有的情感；这种工作是要读者与作者来分担责任的。

所以要读文学的第三层理由是扩大体验，增长见闻。

一个人的外界体验是极为有限的。不说那种驴子转磨一般的农民，整世之内，便只是粘附在几亩的土地之上；就是拿阅历最广的人来说，他所经验的社会的各相，一比起各种社会的全相来，那也只是九牛一毛。局促于自我经验范围之内，有许多人反而沾沾自喜，那是"夏虫不可以语冰"，由他们去笑冰好了；还有许多人，他们是不甘于自囿的，不过环境与生活牢笼着他们，不容许他们跳出那单调的类型的生活之外。这一般人的好奇心，如其社会不愿意它踏上堕落或是委琐的路，社会最好是让它去在文学之内寻得满足。文学是一切的伟大、奇特、繁复的体验的记载的总和，无论何人，只要识字，便能由文学中取得他的好奇心所渴望的，一个充量的满足——一个优美的充量的满足，远强似那种不道德的去刺探邻家的隐情，远强似那种既不全真亦不甚美的报纸上的新闻。

这种给与好奇心以满足的文学并且是有功于人民福利的增进的。远一点说，狄更司（Dickens）的小说中描写私立学校内的各种腐败、暴虐的实情，引起了社会的以及政府的注意，促成了英国的私立学校的改良；司徒夫人（Stowe）作《黑奴吁天录》，痛陈当时美国的黑奴所受的非人道的待遇，将社会上一般人士对于这个问题的态度由漠视一转而为热烈的同情，以致局部的酿成那次解放黑奴的南北之战；近一点说，有高尔斯倭绥（Galsworthy）的《正义》（Justice）一篇戏剧，它促成了英国监狱的改良。

文学与消遣

"消遣"这两个字本来是消愁遣闷的意思，不过按照现在的沿用而说，它却成了消磨时日。

消愁遣闷，那正是文学的第二种功用，如上章所说的。叔本华说过，愁苦是人类的本分，但是愁苦如其尽着蕴结在肺腑之中，它最能伤损身体的健康——所以常言道，至悲无泪，小说中描写一个遭遇了莫大的惨痛的人，总是说他，大半时候是她，伤心得眼泪都梗住了流不出来，眼眶焦干的晕倒在地上。在情绪遭逢了这种阻逆的时候，我们如其放在这个人的手中一本雨果（Hugo）的《悲惨世界》（*Les Miserables*），用以毒攻毒的方法将他的眼泪激发出来，或是放一本狄更司的《辟克维克谐传》（*Pickwick Papers*），用笑泪引逗出悲泪来，那是这个人事后追思时所要感激涕零的。愁苦既是人类的本分，世上既是充斥如许的愁苦，我们便切身的感觉到，我们是如何需要那种能以排解它的文学了。

消磨时日也是文学的一种副作用，有许多的文学书是专为了供应这种需要而写的。中国从前说的，文学只是消遣，那固然明显的是错误；不过以文学之包罗万象，它也未尝不顾及人类的这种需要，而设法去给与它以满足……当然，这种的文学只是低级的。有如开辟了一条运河，便利交通，灌溉田地，这些都是它的主用，但是在同时，也有人在这条运河里洗衣洗菜。

消遣文学是一般作者与文人所极端嫉视的。这种嫉视基源于两层理由，喧宾夺主与实际利益。因为一般人是忙碌的，没有许多闲工夫去细心体悟，鉴赏伟大的、深奥的、篇幅繁重的文学［有一些西方的文学教授坦白的自认，不曾读完过米尔顿（Milton）的《失乐园》（*Paradise Lost*）；研究文学的人尚且如此，外道人更是不言可喻了］，又因为一般人是忽视客观的标准而重视主观的嗜好的——在选购文学的书籍之时——所以正牌的文学少人过问，而消遣文学则趋之若鹜。福尔摩斯的名字，全中国的人，无论是那个阶级都知道；知道福斯达甫（Falstaff）的，在中国有多少人？柯南道尔的书，与同时代的也是一个苏格兰人的史蒂文生的书，是那一个的销路广大？（这并不是说，柯氏受了史氏的嫉视。）

在中国现在这种识字阶级的人不多的时代，这种对于消遣文学的嫉视还没有尖锐化；不过在西方的国家内，识字者占人口的大多数，又有一种好读书，大半是文学，以自侪于开化者，不甘于作时代落伍者的风气，这种正牌文学与消遣文学的竞争，以及正牌文学对于消遣文学的嫉视，却是极端的尖锐化了。攻击投时好的作者，成了一般文学批评者的合唱，这完全是因为他们到处的听见读者将字列克（William Black），一个投时好的作者的名字挂在口头，而并不曾听见有几多的读者提起梅里狄斯（Meredith）的名字，又因为他们看见写消遣文学的人坐汽车，作富翁，而正牌文学的作者却在贫民窟里饿饭。每种现象必有它的背景；在将来的中国，教育普及到了相当的程度之时，这种文学上的嫉视、攻击也是不免的。

为了预防这种畸形的现象之发生，为了避免文学上的不平，下述的办法应该要文学的读者与作者去考虑、提倡：由每本文学书籍，每篇文艺的收入中抽出百分之一，由一个全国的文人联盟来保管这笔捐款，并将它拨用于各种文学的用途上，如津贴文人，举办新书评论的刊物。或者能在文学界内，作一件在其他各界内所不能作到的事，这是文人，一切高尚的理想的掌旗者，所应自勉的。

文学与年龄

　　电影院里，如其这次是开映着一种刺激力特别强烈的片子，总是悬起一块牌来，阻止十五岁以下的儿童入内观看。文学内也有不宜于"意志未坚"的少年的一种，虽说无从挂起禁止阅览的牌子。社会上对于这类的文学，也自有它的各种对付的办法：禁止发售；检查；家庭中，大人绝口不提《金瓶梅》，或是，晚辈提起了的时候，痛骂淫书；图书馆内，《十日谈》藏的是有，却不出借与学生阅览。社会要根本的铲除去这类的书籍，那当然是不可能的。不过，一个人没有达到相当的年龄，有些书确是也不宜于阅览，好像一个十五岁以下的学生，要是去作几千米突的竞走，那是只会有害于身体的。

　　一种的年龄需要一种的文学。中国从前是没有儿童文学的；大人聪明一点的，也只拿得出《桃花源记》《中山狼传》给一个十岁的儿童；这个儿童，被驱于内心的需要，被只得去寻求满足于《七侠五义》《今古奇观》，或是略能会意的《聊斋》之内。这些书，在白话小说史上，固自有相当的价值；就儿童说来，它们却并不是适宜的书籍。肉欲小说与侠义小说风行于今日，就中的原故，除去社会的背景不说，有一个重要的，儿童时代缺乏适当的文学培养。

儿童文学也未尝没有与一般的文学类似的所在。插图，儿童文学内的一种要素，在成人文学内也是受欢迎的；动物，充斥于儿童文学之中的，也供给着材料，形成了许多优越的成人文学作品。如多篇的赋、咏物的诗、*Rad and His Friends*，*St.Joseph's Ass*、彭斯（Burns）的《田鼠诗》、孝素（Chaucer）的《坎特伯里故事集》中那篇《女尼故事》、加厉的文笔（Caricature），如其儿童是一致欢迎的，也同时能以满足成人的文学欲。在浪漫派的小说内，如雨果的《悲惨世界》；在写实派的小说内，如狄更司的各种长篇小说。都是文学，儿童文学与成人文学自然在许多点上消息相通，它们的歧异只在程度与方式之上。成人的意识中本来有一部分是童性的遗留。

好的儿童文学有时也是好的文学。《伊索寓言》，安徒生的"童话"，就了它们，无论是儿童或成人都可以取得高度的艺术的满足。"酸葡萄"这个来自《伊索寓言》中的词语仍然挂在成人、老者的口头；《皇帝的新衣》这篇童话同时也是一篇伟大的短篇小说。

莎士比亚的《仲夏夜梦》，如其有人将它的情节撮要的说给儿童听，一定能博得热烈的欢迎；莎氏在老年所作的《飓风》（*The Tempest*），里面有一首诗

Where the bee sucks，there suck I

正是一篇极好的儿童诗歌教材。然而莎氏的戏剧，原来都是为了战士、商人、贵族，以及他种的剧院的观众而作的。

文学的统一性遍及于文学的领域之内，即使是儿童文学这个藩属。

浪漫体的文学是少年时代的一种最迫切的需要。这种体裁的文学，在教育上，是地位极为重要的。想象与体格的发展都在少年时代；处在这个时代内的少年，如其有健全的、积极的恋爱文学，健全的、优美的骑士文学给他们阅读，一定能培养成为想象丰富、魄力坚强的国民。如其只有那种消极的《红楼梦》《西厢》，那种充满了土气息、产生自不健全的社会背景的《水浒》，甚至于那种"诲淫""诲盗"的书籍，那么，在少年时代阅读它们的人，在成为正式的国民的时候，便不免是贫血的、"多愁多病"的、想象力单薄、思想黄萎的了。

（胡适之先生，在文学革命的初期，提倡拿旧时白话文学中的几部长篇小说列为学校课程中的文学教材，那是一种反抗的表示，在当时确是需要的。不过，将来如其有一天，新文学中的浪漫体的诗歌、小说、戏剧、散文能以正式的建设起来，这种过渡的办法却要取消，中学课程内的文学教材要整体的采取自新文学，而旧时的长篇小说要让他们专隶于大学内中国文学系的课程。与其让中学生读《水浒》《红楼梦》，还不如让他们读西方的浪漫体文学的中译本，国语的，例如胡氏所赏识的《侠隐记》。）

浪漫体的文学，虽是受尽了指摘，然而它的教育的价值既是那样的重大，在现今的中国更是这样迫切的需要，我们这班现代的中国人能不斟酌情势的，竭力去提倡、创造么？浪漫体的文学诚然是多感的（Sentimental），不过少年时代也正是多感的；多感如其被视为一种病态，正该拿浪漫体文学的这种文学，大黄一样，将少年时代中内蕴着的多感宣解，尽量的宣解出来。浪漫体的文学诚然是夸大的，不过夸大狂也正是少年时代，外体与内心猛烈的在发展着的时代，所有的一种必然现象；只能因势利导，火上浇油，不能阻抑，迎头泼水，因为少年时代所必有的夸大狂如其不能得到满足、宣解，体与心的发展便不能是充分的。

少年文学中也产生了一些伟大的作者，司考特（Scott）便是一个最好的例。尽管去指摘他的小说的史、地的布景是不符实情，个性描写是单薄，一般的文学批评者仍旧是万口一声的公认他为一个伟大的小说家；至于他写出，遗下了许多的浪漫体小说，来满足着自古至今，以及未来的英国，他国内一般少年的浪漫性，我们更能以说得，他同时也是一个未加冠冕的伟大的教育家。

在新文学的现状之内，儿童文学只是在鸭子式的蹒跚着前进，少年文学，与一把茅柴相仿，一烘而尽于创造社的消灭。诚然，在这十五年以内，也产生了有一些优越的文学作品，不过它们只是成人的读物……我们是如此的焦候着一个安徒生、一个司考特的出现啊！哥德（Goethe）、巴尔札克（Balzac）、萧伯纳，如其能以诞生于新文学的疆域之内，那当然是新文学的光荣、祈祷；一个伟大的儿童文学作家，一个伟大的浪漫体文学作家的产生，那不单是新文学的光荣、祈祷，它并且是将来的中国的一柱"社会栋梁"呢！

古典与浪漫

文学便是文学，谈不到派别。

只能说有两种精神存在于文学之中：古典与浪漫。除此以外，更没有第三种了。

文学的对象是人性。人性，虽是千门万户，令人目迷，它的基础，说来却简单，只有两个，保守与维新。表现在文学之内，保守性便成了古典文学，维新性便成了浪漫文学。自从十八世纪末叶，浪漫运动发动了以来，一直到现在，文学的"主义"虽是日新月异，它们却都逃不出"维新"两个字的范围。中国旧时有一句常用的四字评语，"独辟蹊径"，拿来作一切浪漫文学的标志，那是再妥切不过了。也可以拿来用得的，辜勒律已的两行诗：

We were the first that ever burst

Upon that silent sea!

以前没有人，这大海无声

我们是第一遭冲入！

古典文学，严格的讲来，应当分为两种：狭义的与广义的。

狭义的古典文学只能上溯到罗马，上溯到卫吉尔（Virgil）；要广义的，希腊文学才能包括入古典文学之内。荷马（Homer）他们一生在写着古典文学，他们自己并不知道——好像莫里哀（Molière）的那个中等阶级的绅士一生在说着散文，他自己也并不知道那样。

不错，通常所说的古典文学是指着古代（希腊、罗马）文学上的坟典而言。不过，如其那样，卫吉尔便成为一个问题，因为他，在精神上，实在是与法国的拉辛（Racine）、巴娄（Boileau），英国的多莱登（Dryden）、坡卜（Pope）、约翰生（Johnson）相同。并且，犹利辟地斯（Euripides）也是希腊的三大悲剧作家之一，我们不能不把他认为一种古代文学中的坟典；然而，在精神上，他正是浪漫的。

在中国讲古典文学，可以不必蹈入西方的覆辙，只限于希腊与罗马的文学名著；另一方面，也可以不必只讲狭义的古典文学。

古典文学的"存在理由"（Raison d'etre）便是人性不变。虽说语言，思路是大相径庭的，那篇荷马的《伊里亚特》（*Iliad*）内的亚吉里斯（Achilles），他的那一怒以及那一怒在他人与自己的生活上所发生的影响，那部爱司基勒斯（Aeschylus）的"奥列司提亚"（*Oresteia*）三联剧内的克莱坦桌司特腊（Clytemnestra）与奥列司提斯（Orestes），他们的复仇之念以及那复仇之念所发生的影响，那篇索浮克黎斯（Sophocles）的《伊第拍斯帝》（*Oedipus the King*）内的伊第拍斯，他的好心不得好报，不自知的陷入了灾难，那篇犹利辟地斯的《迷第亚》（*Medea*）内的迷第亚，她的妒于移爱、愤于夺爱而下了恶辣的手腕；这各种活跃的人性，具体而微的或是更易方式的，在现今的世界上，在我们的肉眼前，岂不是仍然存在着么？

古典文学有一种特征，摹仿。卫吉尔的《伊尼意得》（*Aeneid*）是摹仿荷马，他的田园诗是摹仿西奥克利特斯（Theokrit），他的农事诗（Georgics）是摹仿希西阿德（Hesiod）。在卫吉尔以后，古典文学中的这种例子，到处都是，无须枚举。事物都有它的正面、反面，摹仿也不外乎此。鱼目混珠，鹦鹉学人，这些，当然的，是摹仿的劣点；不过，像卫吉尔那样在摹仿中仍然创造出了新的、个人的文体，在旧的体裁中仍然加入有新的题材，这也是摹仿的优点，不可一概抹煞。在浪漫运动的初期，奥司欣的诗风行一世，有许多浪漫作者来摹仿这个传说中的开尔忒古诗人。在《傀儡家庭》中，易卜生仍然奉行着三一律。美国有自由诗的作者将自由诗的起源上溯到希腊。这还只是说的自觉的摹仿；至于不自觉的摹仿、暗示、印合，那更是每个作者都逃不了的。

摹仿本是文化之形成内的一种要素。没有它，人类也不能在如今演化到这种程度——当然的，如其仅仅只有它，人类在将来是不能希望有进化的。

采用古代的题材，这也是古典文学中一种普遍的现象，例如希腊悲剧作家由神话与传说中采用题材，拉辛用了犹利辟地斯的《希坡利特士》（*Hippolitus*）一剧的题材作成一篇名著《菲德尔》（*Phedre*），他的其他各剧也是采用的希腊的题材，哥德（Goethe）的《浮士德》，就中的题材也有一部分采取自古代。人性本是不变的，那种洋溢有人性的古代题材，后人自然是可以采用，并且应该阐发的。莎士比亚的戏剧题材岂不是采取自古代的么？经过了他的阐发，古代的骨殖，生有血肉的，都复活成了人，并且，经过了他的"迈答斯的摩触"，这些在胸中澎湃有人性的人物，好像是铸成了金像似的，将要光彩到永远。

中庸，这也是古典文学作者对于题材的态度上以及处理题材的方法上所有的一种特象。希腊人不是盛称着"黄金的中端"么？因为希腊文学成了后代的古典文学的感兴的源泉，于是这种态度也便浸淫入了一切后代的古典文学。进一步说，古典文学本来是像一个人的中年时代。在这个时代之内，人是已经背负有几十年的经历，这一番的经历已经踏穿了他的青年的幻梦，已经挫顿了他的猛烈的火势；于是理智、中庸便成了他的中年时代的立身处世的工具、态度。他这时已是明于世理了，不论他是只要像一般的人那样，度过一个顺遂、平凡、既无高度的幸福，亦无高度的苦恼的生活，或是，幻梦虽然踏穿了，高洁的理想仍然无损的，并且更显豁的存在着，火头虽然扑下了，那一股热烈仍然在燃烧着，平衡而坚持的：他这时是要有的话不说了，有的事不作了，即使说起话，作起事来，他也是使用着一种安详、曲折的方法，不惜于话人家没有听入，事没有作到头，他在这时候可以说是已经成了一个"相对论"者，知道了说与作的相对上的重要，对于听者、受者的那社会，以及说者、作者的这自我。

浪漫文学却完全与此相反，因为它是文学内的青年，不论是十七岁还是七十岁。幻梦于它是真实，并非幻梦：头一天晚上作的正是头一天日里所想的，并且这头一天晚上所作的，到第二天的日里，还清晰的记得，还继续下去，在第二天的日里、晚上。

这也不能非议于浪漫文学——试看古代的幻梦，费长房缩地，修仙者得道飞升，这些岂不是都已经实体的显现于今代的火车、电车、汽车、轮船、飞机、飞船之内了么？叔本华说着"生存之意志"；为浪漫文学辩护的人，他们也可以说得"幻梦之意志"。

至于猛烈的情感，它更是浪漫文学的主要发动力。只看法国的卢梭，他那一世的生活简直是不亚于一个他所提倡的复返自然的对象，甚至不亚于一个现代心理学内所称为"碰着与失着"的老鼠；再看法国的雨果，他所著作的那么"夥颐"的诗歌、剧本、小说、文章之内，情感是多么如火如荼，而这些著作，有金也有沙的，在当代的读者，"温和的"或是不温和的，之内，上自听见他的名字便皱眉头的皇帝，下至读着《悲惨世界》而眼泪纵横的贫民窟住户，右自将中庸之道抛去了脑后的古典主义批评者，左至面热筋涨如同醉了酒似的浪漫主义信徒，在这许多种的读者、观众之内，他的著作又是哄起了多么猛烈的情感的反应。（拿让•达尔让 Jean Daljean，《悲惨世界》中的主角，来比拟雨果著作的本身，拿欧那尼 Hernani，《欧那尼》中的主角，来比拟雨果的著作的影响，是再好不过了。）

感伤，这便是情感猛烈时所必有的现象。浪漫文学内的感伤，它便等于青年时代的忧郁病。只看浪漫运动初兴于德国的时代，当时的作者是多么月啊、泪啊、幽谧的森林啊、"郭司"式宫堡的废墟啊，他们的感伤的程度，便可由之而推测了。说起来好像矛盾似的——世界上本来也满是矛盾——有时候，最感伤的人竟是最理智的；即如卢梭，在生活中极其感伤，而在著作中却是极其理智，不然，《民约》一书由那里去作成；又如在"狂飙"时代中度过去了他的风暴的青年的哥德,他在中年却是皈依了那开朗、安详、理智的古典文学,因而创造出了一部充满了思想,受称为"近代思想之大观"的诗歌名著。讽刺诗本是一种最理智的诗体,同时也是古典文学中所丰有的一种产品。然而,在英国文学之内,有一个第一流的讽刺诗作家,他便是十九世纪初叶的浪漫运动中最有特色的一个人,拜伦,《东·黄》(*Don Juan*)的作者。

浪漫文学作者嗜于采用题材自外国:古代的爱尔兰供给了德国浪漫运动以材料与感兴;十九世纪初叶的英国浪漫运动的一个向导,辜勒律己,由中国得到了诗料,作成他的短篇杰作《忽必烈汗》;十九世纪中的法国浪漫运动的领袖,雨果,特别喜欢采用题材自西班牙。浪漫文学本是趋新的,那迷漫着玄秘的色彩的,在服装、语言、习俗、文化上都是歧异的外国,自然是最符合"新"的这种条件了。浪漫文学也取材于古代,不过态度完全与古典文学的不同;就当代说来,古代的题材也自有它的新颖、玄秘、超脱乎习见之一切的色调。

在技巧上,不像古典文学那么成熟而且平均,浪漫文学是像一个想象新鲜、情感热烈的青年,他说出来的话,多半的时候,可以重复,杂沓,不过也有许多时候,自觉或是不自觉的,是美丽的,简单的一两句话可以捉握住一个真理。浪漫文学在技巧上是一点也不中庸,它无论是在描写人物,或是在叙述情节,它的方法是极端。

至于浪漫文学的"生存理由",它便是人生递变。自从文艺复兴以来,欧洲在政治上、宗教上、社会上,因了科学兴起,逐渐发展起了实业，又因了印刷改良，民众的意识与教育都是长步的进展，又因了新大陆发现，人生观因之而一变。于是，第一步，久埋在尘埃内的希腊、罗马文学便成了一般有智欲者的公赏品，而他们因此对于这两种文学便有了深切的认识，由了这认识，他们便把古典文学的精神逐渐的发挥净尽；第二步，古典文学既已走到了尽头，同时社会的情况又因了财富由内外两方面猛烈增加的原故而愈呈复杂、生动，人生观也因了同样的原故而改易为动化的、向外的、向将来的，这两种蓬勃有如春夏的现象，在它下面生存着的人当然是不会满足于古典文学的缺乏亲切之感，当然更不会满足于古典文学末流的"小啤酒"，他们需要一种亲切的文学，无论是在事实方面还是在情调方面，一种向外、向将来的文学，既可以满足他们的进步热又可以满足他们的自尊心的：因此，浪漫文学便应时而起，夸大的，青年的，正投合着新兴的口胃。这是就读者、观者来讲。就作者来讲：文学本是要"向人生举起镜子"的，如今社会的情态既然已是这么剧烈的变化了，文学作者正该创造或改造出适当的形体、工具来采摘、容纳这种崭新的材料；并且，作者自身也受了时代性的影响，同代人的胸中所鼓荡起的情感也在他们的胸中鼓荡了起来，同代人的嗜好、希望也便是他们的嗜好、希望，这些情感与这些嗜好、希望，只要作者是能手，他们一定能以捉住来放在文学之中，活跃的，新鲜的。

不仅"现在"是掌握于浪漫文学的手中，便是"将来"也是一样。只看许多的浪漫运动都是发动于一种对于现状的触望；并且，文学史不是明显的记载着，法国革命的文学方面的发动力了么？

"文以载道"

"文以载道"——这词语很像二三十年前所时兴的宽边镶的女装，要是在如今摆设了出来，看见的人或是拿它当作古董来看，或是一声笑，轻蔑而逗乐了的。

然而这种装束，在现今的中国不入时了的，在外国依然是被视为一种浪漫品——好像外国女子的脚上所穿的双凉鞋那样。

那么，像双凉鞋那样，借了"文以载道"这四个字来作一种旁的用途，那或许也是可以的。

"文以载道"的"文"并不是专指现今所说的文学，不过现今所说的文学也包括在内；至于"道"，我们如其在下面添上一个"德"字，那便符合了古人的初意了。

现在我们来借用这个词语，第一，要这个"文"字专指文学；第二，要这个"道"字的意义是希腊文Logos，英文Word、Way这些个字的意义。

如其这样来借用，我们便可以说得，文学是有三种：载神道的，载世道的，以及载人道的（并不是人道主义）。编时的说来，古代便是载神道的文学的兴盛期，中代便是载世道的文学的，近代便是载人道的。可是并不尽然；太戈尔与"开尔忒"文艺复兴内的夏芝（Yeats）、唐珊南（Lord Dunsany），他们岂不是写着载神道的文学，萧伯纳岂不是写着载世道的文学么？

载神道的文学可以说是那种表现原质力（elemental force）的文学。它与宗教、迷信（初期的宗教）有密切的关系；迷信发源于恐惧，恐惧正是一种原质力。生、死、爱（个人的，如性；群众的，如爱国），这些也都是原质力。这各种原质力的秘密一天不能破露，那么，带有宗教，甚至带有迷信色彩的文学便也一天不会消灭。

宗教，在如今来谈，未尝不像来谈社会主义……不是已经有过一次的非宗教运动来将它打倒了么？其实呢，那一次的运动与其说是非宗教，倒不如说是非教会。非教会的运动，在明朝的时候，欧洲已经发生过了，在马丁·路德的指挥之下。屡次的学生运动，武装的以及不武装的，坦直的说来，便都是发动于一种宗教的热诚。初期的"胡适之主义"在当时无疑义的是"新教"的"圣经"，中国所以陷到如今这种紊乱、自私、孱弱的田地，也可以说是完全基源于宗教的热诚还没有复返到原人的程度，也没有进化到西方的那样变形而不变质的使它分流而冲荡入社会的以及个人的工程之内的程度。

西人研究中国的，惯于将中国分作北部与南部；只就文学与宗教这一端来讲，那种的区分确实不错。诗歌，最古的文学，就中国说来，确实是有南北之分：北部的最早的诗歌《诗经》，与南部的最早的诗歌《楚辞》，它们在形体、实质上都是非常歧异。《诗经》是宗教性极为稀薄的，《楚辞》是宗教性极为浓厚的。"敬鬼神而远之""不语怪、力、乱、神"的孔子便是北部的国民性的结晶；祖先崇拜的创始者，有独无偶的中国宗教诗歌

《九歌》的创作者屈原，便是南部的国民性的结晶。械斗，至今仍盛行于长江、珠江两流域一带的风俗，它便是宗教性的家族观念的表现。几千年来，"御制"的孔子学说主宰了中国，于是，完全符合了家天下者的初衷，那一股原始的宗教的热诚便不复存在了。哪能人人都作孔子，理智的泰山；一般人都是情感的动物，他们所更切身需要的，便是汨罗江的水！

宗教性的缺少对于中国文学是有何种的损失，我们只须举一个浅近的、修辞学上的例子来说明——拟人格（Personification）的罕见。只看见新文学界内满是"维纳司""美神"，很少有"美丽"或是"美"，只看见有"时光老人"，很少有"时光"。这还是解放的缠足。至于旧文学，那更不用提了。想象如其要在新文学内充量的发展，情感必得要澎湃到最高潮，如同古代的先知者得到了神赐的灵感的时候那样，如同屈原写《离骚》不亚似写一篇《所罗门之歌》的时候那样。

在现今提倡迷信，那当然是开倒车——虽说战争，基源于恐惧的，也是一种迷信，并不曾去提倡，它仍然高视阔步于二十世纪的世界。迷信虽是不该提倡，古代所遗留下的丰富的神道文献，它们却仍然能以供给聪明的文人去利用、象征的。文学，尤其是诗歌，本来是喻言十九。利用着古代的迷信，现代的短篇小说作者，例如韦尔斯（H.G.Wells）、梅·辛克莱（May Sinclair）等等，仍然作着神鬼小说。那么，象征的来利用它们，更是可行的了。中国在这一方面有着丰富的，未曾开采的文献，如其能在它们之内产生出一个唐珊南来，产生出一个作《钟斯皇帝》（*Emperor Jones*）的奥尼尔（O' Neill）来，那也是新文学所该期盼的。即如某种笔记小说之内有一段故事，说一个女子死去了，到了阴司，判官查出了是误勾来的，便令鬼差将阴魂重新押回阳世，那知误押回了另一家，返魂在另一个也是新死的女尸之上；这段简单的记载，如其一个作者将它渲染一番，例如使一个美丽的灵魂误入了一个丑陋的躯体，这岂不成了一篇极能富有精彩，极能富有深刻、悲酸的情调的诗歌或小说或剧本么？

载世道的文学都是带有伦理色彩的。从前的劝善惩恶的文学便是，近代的教谕诗、目标小说（Novel with a Purpose）、问题剧（Problem Play）以及多种的文章便是。

这种文学有一种特象，便是其中的人物都是类型的，没有个性。例如一篇劝善惩恶的小说，就中照例的有一个恶人，有一个受欺受磨的弱者，男性或多半女性的，有钱或有貌，有一个打抱不平的好汉；这是中外一律的，这种小说内的三种类型人物。

在从前，文学的欣赏力不曾进化到近代的程度，实在是只有这种载世道的文学才能"老妪都解"；并且，在从前，教育不曾发达的时候，文学作者还立于一种社会的塾师的地位，他们义不容辞的便来写成这种载世道的文学；并且，在从前，文学的演化还只是方才脱离了神道的时代，技巧也没有进入到客观的地位，当时的文学作者也只能写出这种类型人物的文学。文学，与世界上的各种事物一样，本是受着环境的支配。

文学的欣赏力进步得迟缓，到如今这种文学还是有巨量的需要；塾师虽是废除了，社会仍然是需要文学的向导，将它领入思想之域；描写个性的文学虽是发达了，仍然有作者，那些抱了领导、改造社会之使命的，利用了已经发展到完美的地步的工技，来从事于这种世道文学的创作。

说起来好像是矛盾——"普罗"文学，归根的说来，便是一种载世道的文学。罗素确是有眼力。他说，新俄的精神便是十七世纪之英国的"清净教"精神的复活。

这种文学，表现社会势力的，也自有它的社会学的"存在理由"。社会的进化全靠了大家共同遵守着人造的秩序；这各种人造的秩序可以温和、逐渐的或是激烈、急剧的去改订，但是既经改订了以后，大家仍然要共同的遵守。有个性强烈的人，他不愿，不能遵守这种人造的秩序，他要用了自定的步骤来支配自我的生活。这是社会所不欢迎的。社会所要的是群性，不是个性。所以一般甘于或是迫于支配在社会势力之下的人都是类型的、鸽子格式的；他们的个性，或多或少，都一齐抑压下去了。既然如此，自然便只有类型的人物出现于表现社会势力的文学之内了。

这种世道文学还有无穷的前程，因为，社会在不停息的进化，人造的秩序在不停息的改订，新的类型也随之而不停息的产生着。

载人道的文学是以表现个性势力为目标，它并不是人道主义文学、世道文学之内的一种。托尔斯泰便是一个人道主义文学的伟大的作家；他之所以反对莎士比亚——好像萧伯纳之所以反对莎士比亚那样——与其说他是因为莎士比亚的剧本内只是皇帝、皇后、贵族、贵妇，那未免肤浅了，根本的理由，我看，便是因为莎士比亚所写的是载人道的文学，而并非人道主义文学。

社会上本来有两种人：一种是社会的分子，一种是个性。在社会的进化内，这两种人是相辅相成，都不能少，虽然后一种里面，既有领袖的人才，也有破坏的渠魁。至于在社会的组合内，这两种人却是势成水火，互不相容——理由是前一种人是理智与情感上有平衡的，而后一种则不然。这种理智与情感的失去平衡便是造成个性的基因。

只看佘伍得·安德生（Sherwood Anderson）的《败类的白种》（*Poor White*）一本小说之内，主角是酒徒的儿子，头重身轻，讷于言语，完全的不善处世，更其不善于对付女子，但是他却成了机械发明家，这便是理智畸形发展了的个性。又看巴尔札克（Balzac）的《欧哲尼·葛朗岱》（*Eugénie Grandet*）一本小说之内，那个女主角的父亲，老葛朗岱，他的行为、思想、情感完全被嗜财之念所主宰了，甚至于他所钟爱的女儿，比起了钱来，都要在他的目中退居后位，这便是情感畸形发展了的个性。再看莎士比亚的《哈姆雷特》（*Hamlet*）一篇诗剧之内，那个丹麦太子，理智与情感失去了平衡，因而当前待决的问题，要是换了一个普通的社会分子来，是立刻便会解决了的，他却迁延了时日去惦量，犹豫而不下手去处理。

凡是描写个性的文学，其中的主角总是有他的要害之弱点……这个要害的弱点，我们叫它作"亚吉里斯之膝"，未尝不可。有时候，这要害之弱点便是造成这人物之伟大的基因——例如哈姆雷特的狐疑——这个，我们可以叫他作"磐奈罗辟的织匹"。〔见于荷马的史诗《奥德赛》（*Odyssey*）内。〕

莎士比亚所说的"诗人、恋人与疯人"，拿来形容这种个性强烈的人，是妥切之至。进一步来说，心理学说的，每个人，无论他或她是多么常态，神经系统总有一点，不论大小，变态的所在。这层道理，演绎了出来，第一可以解释，何以这种描写个性的文学仍能为大家所喻赏，因为，个性如其与社会分子是种类上而非程度上的区别，那么，这种描写个性的文学便无从了解，无从引起情感上的反应……古代描写人物，好则上天，坏则入地，便是昧于此理。这层心理学的道理，再演绎了出来，又可以解释，何以类型人物的描写也能引起读者的兴趣，因为这种类型人物虽说十之九是常态的，却也有十之一的变态，这十之一上的变化便使得同一类型的各人物有它们的各别的面目……古代描写人物，不仅是类型的，并且千篇一律，没有这十之一上的变化，不能引起读者的兴趣，也是昧于此理。

这三种文学，载神道的、载世道的、载人道的，相辅而行，各有各的存在理由。笼统的说来，诗歌可以说是倾向于载神道，戏剧可以说是倾向于载世道，小说可以说是倾向于载人道。诗歌本是情感的产品，好像宗教那样，它本是人类的幻梦的寄托所，人类的不曾实现的欲望的升华。戏剧，为了它有实际的限制，如听众、排剧的耗费、表演者，不得不趋向于类型人物的描画；又为了它是效力广大的民众教育的工具，它也正该向了载世道的路去进行。小说是文学中最自由的、最富于弹韧性的一种体裁；描写个性，这应当成为它的责任——虽说就实际的趋势看来，就教育民众的能力说来，它也在，也该走着戏剧所走的路。这三种文学都是基于人类的嗜好，好像作梦、照相、加厉画（Caricature）一样。

异域文学

异域文学便是以异域作题材来写成的文学。它有三种：传说的异域文学、讽喻的异域文学、写实的异域文学。

我国古代的《山海经》、近代的《镜花缘》，里面那各种关于异域人的神怪、荒诞的传说，完全是在"行路难"的时代初民运用了他们的丰富的想象以及恐惧的动机所创作而出的。又如《大招》《招魂》内各种关于异域的传说的叙述，它们完全把初民的安土乐居、不欲远行的心理和盘托出了。希腊人也是一样的安土乐乡，也是一样的想象丰富；只看《奥德赛》这篇史诗之内，那各种传说的异域"地理志""人物志"，它们也是多么诡异不经！希腊所以不能创立一个大帝国，而罗马能够，这种心理的有无以及想象的强弱便可以拿来作解释。玄奘去印度取经，也使得后代多了一部这种传说的异域小说《西游记》。在科仑布的时代，一般欧洲人还是相信着地是平的，陆地的四周是海洋，海洋的边沿，好像瀑布一样，那波浪是奔注入无底的窈深，换句话说，无底的地狱；科仑布向西天航行了那么久，船员们几乎舟哄起来了，固然也有他们的实际的理由，不过最重要的一层便是，他们都在恐怕已经航驶到了海洋的边沿，就要跌下无底的地狱之中，去受那永恒的石灰火与漆火的苦；不是西印度群岛的水鸟及时的显现，科仑布是免不了要丧命于将兴的舟哄之内，那时候，"新大陆"的发现又不知要迟到那个时代，也不知要落在何人之手了。

《镜花缘》在另一方面又是一部讽喻的异域小说，只看书里的女儿国那一段，它与史维夫特（Swift）的《格里佛游记》（*Gulliver's Travels*），虽是在文笔上有滑稽的与嘲讽的之别，却都是讽喻的异域文学。法国在十八世纪之内，一般的文学潮流倾向于世界的。那时候，中国的文化、文学为大家所盛称、乐道，中国的亭园既是盛行于当代，促成了"罗壳可"（rococo）式的建筑术，中国的文学也供给了伏尔泰（Voltaire）以题材，作成了《中国孤儿》（*L'Orphelin de La Chine*）；中国的文化更是常时的被他们来引征，以与本国、欧洲的文化相比较——动机于"他山之石，可以攻玉"。孟德斯鸠（Montesquieu）也著有《波斯信牍》（*Lettres Persanes*）一书，假借了一个侨寓于本国的波斯人的口吻，来指摘本国的弱点。稍后于孟氏，英国又有高尔斯密（Goldsmith），仿效着孟氏的《波斯信牍》一书，著作了《约翰·中国人在伦敦》（*John Chinaman in London*）一书。

写实的异域文学，在开端的时候，不免是夸大的。即如蓝姆（Charles Lamb）在他的那篇《烤猪论》（*Dissertation on Roast Pig*）"爱琐"文之内，说中国的房屋是用薄板修盖起来的，虽说滑稽家的话是要打折扣，不过蓝姆也总是，不知由那里听说到，中国的建筑是用木材，并不像欧洲那样，是习于用石头，所以才这么穿凿附会出来的。哥德便有一首短诗，就中拿希腊的石料建筑来与中国的木料建筑相比较。

在初期的写实的异域文学之内，异域的人物千篇一律的是粗浅的类型化了。法国人是喜修饰，惯于说俏皮话，向任何女子调情；德国人是嗜好啤酒；苏格兰人是一钱如命；爱尔兰人是半疯半傻；美国人是粗鲁自喜，不讲仪节；中国人是拖辫、缠足、抽鸦片、堂斗。这么潦草的描写异域人物当然是不满意的；并且，在这种片面的印象深入了人心之后，种族、国家的偏见这种恶影响便随之而发生。在欧美的法庭上，当事人与证人不都是要立誓，"说真话，说全部的真话，真话以外不说旁的"么？这种誓言，它也应该奉为写实的异域文学的誓言。

英国的吉百龄（Kipling）写印度，法国的罗蒂（Pierre Loti）写日本，当然是已经脱离了初期的肤浅、潦草——不过，我们要问，拿吉百龄的《吉姆》（Kim）来代表印度，拿罗蒂的《菊子夫人》（Madame Chrysantheme）来代表日本，可以么？想必印度人与日本人都要一致的高呼：不可以！

这是写实的异域文学的致命伤。因为一个作者，无论是眼光多么犀利，经历多么丰富，文笔多么畅达，他决不能看到异域的生活的全面、多面，那么，他的描写，即使是忠实、深刻，也还是免不了是片面的。他决不能代替异域的人来作异域的人所应该自己来作的事。巴尔扎克（Balzac）只能替自己的祖国来作《人间喜剧》（La Comedie Humaine）；至于印度、日本、中国、土耳其、波斯、亚拉伯以及其他等等国家的《人间喜剧》，必得要本国的人去作……即使是要等一百年，也只好去等候；他国的人是无由越俎代庖的。

写实的异域文学，一方面固然易于引起种族的、国家的偏见，不过一方面它也有沟通国际认识的功效。没有吉百龄，我们或者要对于印度始终的一无所知。凭了长期、活动的居留与缜密、公正的观察，作出写实的异域文学来，至少是可以增进一班读者对于异域的景象、人文、风俗的见识。至少，这一种的文学是人与人的接近之上的第一块基石。世界大同的幻梦，将来如其有实现的日子，这一种文学便也有它的相当的功绩。

可以拿来附隶于异域文学之内的是"科学小说"。例如法国的威奴（Jules Verne）、英国的韦尔斯（H.G.Wells）所作的各种。威奴的科学小说一半是幻梦——然而，这些幻梦到如今都实现了！《海底两万里》（*Twenty Thousand Leagues Under the Sea*）一部书，有人说是潜水艇的预言——至少，文学是人类的幻梦的寄托所；实现幻梦，它便是人类的进化的目标。至于《八十日环游地球》（*Round the World in Eighty Days*）一部小说，到现在都嫌是过时了；因为，在今日环游地球，已经用不了八十天，只要十八天了！

通俗科学文章（韦尔斯的科学小说便是它的变形）读起来，它的兴趣也不亚于古代的人读异域的传说。

地方文学

地方文学便是"地方色彩"的文学。这地方色彩之内包括有方言、风俗、人种、宗教、社会组织等等项目。

粤讴，近来中央研究院所搜集的吴歌：这些便是以前的方言文学的例子。新文学内，也有刘半农先生的《瓦釜集》，杨晦先生的戏剧，一个运用江阴的土白来作诗，一个运用旧京的土白来作剧本，都有相当的成绩。

在"开尔忒文艺复兴"运动之内，有一件事情，颇为值得我们新文学上的人的注意、领悟。沁孤（Synge），那个最富于地方色彩的戏剧家，他在先原是侨寓于巴黎的一个顶间之内，作着谈论当代的"象征运动"的文章；那时候，沁孤是沁孤，爱尔兰是爱尔兰，彼此是毫不相关。是夏芝（Yeats）遇到了他，劝动了他，回去爱尔兰居住。于是，沁孤便由最时髦、最开化的巴黎，一易而至最落伍、最乡野的亚朗群岛（Aran Islands）去住，住了三年。在这三年之内，他用目不停息的观察，用耳不停息的谛听，用手不停息的作札记；终于，他的剧本一部一部的产生了，就中有那基源于土白的节奏，美丽的文词，以及那基源于本地生活的奇特、浪漫的描写。

在十八世纪后叶，爱基渥司（Edgeworth）将爱尔兰介绍给了英国；在这二十世纪之内，夏芝、沁孤等人的"开尔忒文艺复兴"，简直将爱尔兰介绍与了全世界。

我们对于苏格兰的认识，有三个来源：一个是彭斯（Burns）的诗歌，一个是司各特（Scott）的小说，一个是史蒂文生（Stevenson）的小说。就一般人说来，苏格兰便是这三个人的苏格兰。

同样，印度也叮以说是太戈尔、吉白龄的印度。

澳洲、非洲、加拿大，它们都有它们的地方文学，输将入整体的英国文学之内。

英伦的本部，各区域也有各区域的代表作者：只就最著名的来举，爱塞克司（Essex）有它的哈代（Hardy），"五城"有它们的宾那脱（Bennett），矿区有它的罗兰斯（Lawrence），纺织区有它的霍屯（Stanley Houghton）。

法国又何尝不是如此？北部的莫泊桑（Maupassant），南部的都德（Alphonse Daudet），亚尔萨司、劳连的巴赞（Bazin），等等。便是安南，它不仅在政治上、商业上成了法国的殖民地，便是近时在文学上，它也成了法国的殖民地了。

地方文学最发达的国家要算美国。东由纽约，西到旧金山；南由"南部"，北到亚拉司加：每州，甚至较大的每个市镇，都有它的地方文学。诸爱特（Sarah Orne Jewett）的"新英伦"各州（New England States），卫斯特（Owen Wister）的"南部"（The South），嘉兰德（Hamlin Garland）的"中西部"（The Middle West），哈特（Bret Harte）的加州——这不过是就小说来略举几个例子而已。

中国，可以说是地方文学的材料最丰富的国家了。

方言，种类是数不尽的繁夥；"这个年头儿"的平白，像"煞有介事"的吴白、"瘦仔"的粤白，等等。每种方言有每种方言的内在的美丽、想象力；如其，沁孤一样的，将它们提炼出来，那是多么值得赞美、欣赏的工作！

风俗——举古代的例子来说明：《庄子》讲吴人文身；端午节划龙船、吃粽子，是始于荆襄间祭吊屈原的风俗；郑卫之音；柳宗元的《捕蛇者说》。

人种——小学的地理课堂上已经说过了。滑稽的说来，汉族内还要分为"侉子""蛮子""苏州人""湖北老""湘军"，等等，等等。"苗"族与中国的关系正与"红人"与美国的关系一样；何以美国可以产生"红人文学"的 Fennimore Cooper，而中国还没有产生"苗人文学"的樊尼摩·辜泊尔呢？满族的生活已经出现于德菱女士的英文小说之内；成吉思汗、忽必烈汗已经出现于法国、英国的小说、诗歌之内；西藏的生活以及它的喇嘛，"牝鸡司晨"，已经出现于吉百龄的小说之内……中国，五族共和的中国，反而"天朝"似的，将它们置之不理！

道教、回教、本部的佛教、喇嘛的佛教、福音教、天主教，以及已经绝传的景教、原始的苗民所必有的教，中国不单不是一个没有宗教的国家，并且是一个宗教最复杂、最繁盛的国家——然而，我们本国的人，对于这些宗教，究竟有多少的认识？不向文学去索求，我们还能向那一方面去索求，这种关于国内各种宗教的认识？

中国的社会组织也是极为复杂的，由原始的穴居、食人，中间经过无数的阶段，一直到现代的都市。新文学，应当使它成为钢琴、提琴，可以弹奏得出这种由单音的原始乐一直到"贾四"的现代乐的复杂的"大曲"。

茶区、丝区、磁区、漆区、农区、牧区、米区、盐区、矿区、工业区、商业区，等等；在它们之内，究竟有那几区——那一区有它的代表作家？

华侨散布遍了全世界，由寒带的俄国，到热带的非洲；侨寓中国的西人也是各形各相，由军事顾问的德国人，到卖毯子的"白俄"。除去《官场现形记》内，有几段速写之外，中国文学里面，另外还有什么书籍，写过侨华的西人的生活？至于华侨，文学之内，简直就是不曾有过"华侨招待所"！

地方文学的重要是两重的，文学的与社会的。文学的方面：文学本来是要"向人生举起镜子"的；如其没有深刻的、多相的地方文学，文学的镜子便不是向着各相的人生举起来的，这镜中的形象只能是不完全的、畸形的、单调的。那又何必希罕着这面镜子呢？还不如把它摔碎了罢！社会的方面：文学本是一种最有力量的社会工具，可以团结人民，可以激发爱国的热情，可以辅助教育，可以改造社会；将来便是有一天，伸张到全国的铁道网、公道网、航空线网居然大功告成了，那时候，倘若没有地方文学，全国各部之间的情感，仍然会是"秦人视越人之肥瘠"……举一个浅显的例子来讲，一个人家住家，总要想知道四邻的一点情形，房东的家境，同房客的家境，这不仅是为了好奇心，也是为了利害的关系；文学便好像是名片，好像是他们之间的应酬的访会，那时候，或是来往，或是戒备，方针便可以决定了。

即如"赤区"的实情，全国的人，那一个不想知道？如其有文学作者，对于这一方面是有深切的认识的，能以用了公正、冷静、畅达的文笔，写出一些毫无"背景"的、纯粹的文学作品来；那么，这些作品，它们不仅要成为文学上的，并且要成为社会上的珍贵的文献。

中国现在的社会情形之复杂，比起意大利的"文艺复兴"时代来，简直是有加无减；由这种骚动，复杂的社会内——如其中国的民族是有希望的——不仅在将来会要酝酿出来一个强大、进化的国家，并且会要产生出来一个多相的、丰富的文学。"中国文艺复兴"内的亚利阿斯陀（Ariosto）呢，塔梭（Tasso）呢，鲍加奇阿（Boccaccio）呢，杰里尼（Cellini）呢，马基亚未里（Machiavelli）呢，达文西（Da Vinci）呢，米西盎则罗（Michelangelo）呢，娄连佐（Lorenzo de′ Medici）呢？这些文学作者所需要的环境，现在的中国是绰绰有余的了。历史观的说来，唐代，在"佛教"文化的输入之下，曾经产生过有一个优美、富丽的文学。李白、杜甫的血液，它依然流动在现代的中国人的脉管中；我们不可以失望！不可以自馁！

文化大观

华兹华斯（Wordsworth）的一首十四行里有这么一句话：

We speak the tongue that Shakespeare spoke
我们用着莎士比亚所用过的文字

卡莱尔（Carlyle），在他的《英雄与英雄崇拜》（*Hero and Hero Worship*）一部书的《莎士比亚》一章之内，也说过同样的话。一个伟大的文学家，他可以作得他这国家、民族的喉舌——好像"言为心声"那样。

近代的这种例子，如同托尔斯泰、杜思退益夫斯基、屠格涅甫、柴霍甫那个"四人合唱队"，代表了过渡时代的俄国文化；显克微支代表了波兰；易卜生与般生代表了挪威。诗歌上的这种例子，如同荷马的两部史诗是希腊文化的大观，但丁的《神曲》是中古文化的大观，哥德的《浮士德》是近代文化的大观；亚洲的这种例子，如同《天方夜谭》是亚剌伯民族的喉舌，峨默（Omar Khayyam）是波斯民族的喉舌，《圣经》是犹太民族的喉舌，太戈尔是印度民族的喉舌，"诺"剧（No plays）是日本民族的喉舌……这些例子都是由欧洲的立场举的。峨默，在本国，并算不得"国家诗人"，那个荣誉，在本国，是属于哈菲斯（Hafiz）的。

欧美的人，谈到中国文学，总是拿李白来代表；这是与中国自己通常的传统思想相异的。韩愈，文起八代之衰的人，确是有眼光，他有过两句诗：

蚍蜉撼大树，

可笑不自量！

这两句诗算是拿历来的李、杜优劣论给一笔抹煞了。唐代文化，中国的第二期灿烂的文化，是固有的文化与印度文化会合以后而产生的；拿李、杜来代表，无可异议。

《离骚》的想象复活于李白的诗中，《离骚》的情感复活于杜甫的诗中。李白的哲学是老、庄的哲学与出世的"佛学"之融合体；杜甫的哲学是"儒家"的哲学与悲天悯人的"佛学"的融合体。

唐代的诗，由陈子昂起，是针对了"六朝"而发的一种反动；然而，在技巧上，李、杜并不曾舍了"六朝"而不顾。

颇学阴何苦用心

这是杜甫自认其在技巧上受惠于"六朝"的话；

李侯有佳句，

往往似阴铿。

这是杜甫称赞李白能以钵传"六朝"的精细的技巧的话。李白的长短句基源的鲍照，这是杜甫的

俊逸鲍参军

一句诗已经说破了的；李白的五绝基源于谢朓，这是我们就了他的诗中常有赞美谢诗的话这一层上可以归纳出来的。

李、杜的技巧，来源是如此；这么看来，现在的一般新文学的作者，他们所抱的那种"线装书扔进茅厕里去"的态度，是昧于历史观的……同时，当然，新文学也是并不曾欧化到充分的程度。

孔子说的，"温故而知新"，虽是一句极为陈旧、腐滥的话，它仍然不失为真理。旧文化没有一个正确的清算，新文化的前程又怎么去发展呢？西方的文化可以比为春天的太阳，至于树干与浆汁，它们还是旧有的，或是由旧文化的土地中升上的。当然，张骞在汉代也曾由"西域"移植过葡萄；各种有"胡"字起头的果树，它们也是移植自番邦的。不过，中国的土地上，只是种葡萄，就算了么？只是苜蓿汤，中国人便能以满足食欲了么？美国由中国移植去了各种的植物，他们便拿本国所固有的植物去给毁灭了么？他们的蜜柑、苹果，一直销行到了中国的，正是他们所固有的水果。人工的培植，使得"花旗蜜柑""花旗苹果"，由"西部拓殖者"（Pioneers of the West）当时所吃的那

种，进化成了我们现在所吃的这种……此中确是有一个《伊索寓言》式的教训。

西方文化，如其断代的输入，换而言之，便是，我们如其只是输入现代的，那不仅是不完全而已，便连了所输入的现代的这一部分，我们都不能完全了解。只说文学，只说现代的英国文学。诗歌一方面：现任的"桂冠诗人"，他与孝素（Chaucer）的关系；新派诗中感觉的错综以及机械文明的诗料，它们与十七世纪"玄学派诗人"的领袖，党恩（Donne）的关系。戏剧一方面：萧伯纳的"清净教"的态度，他的赞扬希腊喜剧家亚里斯多芬尼士（Aristophanes）的话，他的喜欢说俏皮话的倾向是怎么一个来源；高尔斯华绥的《正义》一剧中所插入的哑剧是来源自中古时代的戏剧；芭蕾（Barrie）的戏剧与英国前代的儿童文学的关系。小说一方面：康拉德的工技与史蒂文生的关系；韦尔斯的科学小说与威奴（Verne）、爱伦·坡的关系；高尔斯华绥的十部左右的福西脱家史的小说，它们与左拉的各部鲁贡·马加尔家史的小说的关系。这些决不是断代的读现代英国文学所能知道的。那么，知道了，又有什么用呢？——有人可以动问。知道了，便知道新的题材可以怎么去采取，并知道新的题材可以怎么去处置——我们可以这样回答。

在欧洲的"文艺复兴"时代，两千年前的希腊文化的精神可以感兴起来一种崭新的精神；米尔顿（Milton）在《失乐园》（*Paradise Lost*）的序言中，说他的"无韵体"（Blank verse）是蜕化自希腊史诗的"六步体"。这两重的态度或许便是新文学所应采取的态度——如其新文学是决意要追踪灿烂的唐代，在这固有文化又与一种新来的文化接触的时候，也要产生一种文化大观的文学、文学家。

中国的"文艺复兴"，要借重于两方面：翻译、考古学。

玄奘到印度去取经，给唐代文化安置下了一块基石；这与裴特腊克（Petrarca）的搜求"拉丁"名著，以为继他而起的"人文学者"的搜集、印行、翻译希腊与"拉丁"名著，而建立了欧洲"文艺复兴"的基础，是殊途同归的。《新青年》时代以来，文学研究会算是在俄国方面作了一番较为系统的介绍工作。如今又有文化基金会的翻译工作与教育部的编译馆了。希望他们认明了这种工作的重要性，能以给与我们以一个满意的成绩！

古代的典籍真是"夥颐"之至。研究的有人，整理的也有人。不过，只凭典籍，决不能将古代文化的整体整理起来。考古学的发掘，文献的保存（如"道教"的），外来的影响（如景教、印度文化、间接的希腊文化），这些，在整理古代文化的工程中，都是应当缜密的进行、探讨的。这种工程，不仅与我们的正在形成期内的新文化有密切的关系，便是在世界的文化史上，也一定要有重大的贡献，研究、整理古代典籍、文献的人啊，你们的每一点新发现，它要像投下水中的石子那样，波动开影响到无穷！考古学的发掘者啊，你们所下的每一锄，它要像矿工的每一锄那样，使得你们的祖国更进一步的要发现出她的丰富的宝藏，金、银、玉、宝石、煤、铁！

这些都是繁重的，需时悠久的工程；产生一个文化大观的文学家也是一样。或许，终我们这一世，工程并不能目睹其完结，那个或是那些文化大观的文学家也不能自睹其丰采……至少，我们总尽瘁了我们的力量；在这羞辱与贫弱交迫的时代，我们便是放下笔来，放下工具来，遵从了"死亡"的号召而远去那片地方：

From whose bourne no traveler returns,

那片"没有行人遄返自它的疆界的"地方，我们在最后的回光之内，至少能以自慰，我们还算是不愧为陈子昂、玄奘、李白、杜甫的后人！

吹求的与法官式的文艺批评

《自己的园地》里面的《文艺批评杂话》说文艺批评不可成为吹求的、法官式的；诚然是，吹求的大半出于不诚恳的动机，吹求的批评是不可奖助的，"法律"两字不知冤枉了多少人，文艺较法律尤为精微，法官式的批评也是不可倚赖的。

不过多数不能抹杀少数，吹求的言论也有时是由衷之言，在那种时候我们是不能笼统的将它们忽略的。即如闻一多批评郭沫若的《莪默伽亚谟》中译本的一篇文章异常严肃而同时异常友谊的，我们能将它一笔抹杀吗？

在我个人的意思，一件事物有它良好的方面，也有它欠缺的方面。吹求的好处即在促成慎重的习惯，而它的缺点则有三层：它易受利用以作轻蔑异党的工具，它常流入自己卖弄的流弊，——这两层是明显的；它可以将人引出了主观的诗的真理的鉴赏而歧入客观的科学的真理的争论——这一层是较隐微的。

关于这一层隐微一点的吹求的文艺的坏处让我们拿一个西方文学中的例子来说明，说起美的文艺，济慈的《圣厄格尼司节的上夕》总无疑是一篇了；说起美的描写，这篇诗中述 Porphyro 带着他的恋者逃出伊的住堡时的一段，总无疑的是一例子了。他携伊逃走的时候，冰风在堡外灰白萧条的山野上叫着，堡内是一片压闷的沉默，只有铜链悬着的灯中火焰伸吐而复缩入，黯淡的亮起阴森的堡之内部，还有地上的毯子的边角偶然鱼跃似的站起，又拨刺的落到地上了。

这篇长诗是叙中古时代的事迹，但中古时代还没有开始用地毯。然而我们倘将上述的描写中的关于地毯的一部分删去，则我们将不能在漏入堡中的一线冷风的感觉里面间接的觉到堡外冰风的权威了，我们也将不能觉到毯子落下时寂寞的声响与外面风的号嘶形成的美妙的反映了，简单一句，我们不能觉到当时的境地的活现之美，不能觉到当时的境地的诗的真理了。我们读诗，读文学，是来赏活跳的美，是来求诗的真理的；赏与求有所得，我们就满足了，不再问别的事，任凭它与理智的绝对的真理符合也好，相反也好。

我相信用纯诗——诗的真理——的眼光来看济慈这首诗的人看到此处，不仅是不觉得不满，并且极为愉快的。考古学者虽然在这里发现了一点时代错误 anachronism，我们并不得因了这层绝对的真理的原故而减低我们对于诗的真理——即是美——的鉴赏。在文学中考古的人一面不能先知的将考古的力量用到较文学为适宜的多多的考古材料上去，一面又不能聪明的用诗的真理的眼光来鉴赏文学，只是越俎的或是不能顺应的，用考古的眼光来批评文学，那我们只好怜悯他的既不得饮文学之甘泉，惋惜他的又将考古的精神狂用，并且愤怒他的凭非文学的眼光来评文学因而引起许多初入门不知何所适从的人的恶影响了。

由此看来，吹求的恶影响是很大的，是我们忠心于文学的人所应当"鸣鼓而攻之"的；然而我们不可因此便将吹求的好的方面也就抹杀阻挠了，诚然如 Saintsbury 所说的，我们应将一只眼睛放在定律上，同时将一只眼睛放在例外上。文学不是国会，不是学生大会，只顾多数的；政治是社会的、连带的，不得不牺牲少数而顾大多数，文学则没有那种需要，因为它是个人的、独立的；文学上没有政治上那种时机的不候人而事的迅速——虽然未免不彻底——的解决，文学是有时间来将例子一个个的察看的。

察看文艺的标准是什么呢？我的意思以为是——诗的真理。文学中的诗的真理的表现的规定与法律中人不可作恶的规定一般，至于什么是恶，什么是诗的真理，则各人有各人的定义了。

我的心目中的诗的真理即是美，我所说的美并非限定文中要用"红""绿"等字眼，虽然满是它们的柯勒立的《古榜人吟》（Coleridge's *The Rime of the Ancient Mariner*）与它们的踪迹一毫不见的《自己的园地》的作者译的库普林的《玛加尔的梦》同为真的文艺；我所说的美也非限定文中必写美人，虽然写美人的拜伦的 *She Walks in Beauty* 一诗与专写丑魔 *The Nightmare Life in Death* 的柯勒立的《古榜人吟》同一高妙。美不仅包括雕梁画栋，如柯勒立的《忽必烈汗》（*Kubla Khan*）所歌咏的，连济慈的《圣厄格尼司节的上夕》中所说的高的盔毛拂去了蛛网的屋子也在其中；美不仅包括奇山异水，如雪莱的《亚拉斯忒》（*Alastor*）所描写的，连华兹渥斯的 *She Dwelt Among the Untrodden Ways* 一诗的一花一星也在其中；不仅写高贵的人生的史判塞的《仙后》（*Faerie Queene*）是美的，就是写平凡人生蓝默的《博图夫人关于哑牌的见解》也是美的；不仅写梦幻的人生的莎士比亚的《仲夏夜之梦》（*Midsummer Night's Dream*）是美的，就是写现实的人生的辛基的《向海的骑人》（*Riders to the Sea*）也是美的。

我所说的"诗的真理"中"诗的"两个字并不是说一篇文艺中要充满了"啊""呀"等等近来新诗中盛行的行号，或者充满了"啊""呀"等等感叹的字眼。我所谓"诗的"，也并不是"爱情""月亮""心弦""灵魂"等等时髦的名词。有了这些，或者有了音韵，并不见得就是"诗的"。最简单而美好的，这便是"诗的"两字的注释。因此，安得来夫的《七个后死者的故事》与柯勒立的《忽必烈汗》在我的意思中同为"诗的"。对象如何，也不必过问；因此，萨克雷的 Becky Sharp（《虚荣之市最》小说中主要人物）与华兹渥斯的 Phantom of Delight，在我的意思中他同是"诗的"成功。

一封致友人饶孟侃的公开信

子离：

《异域乡思》的 pear 我改 peach 以求押韵，连你也当是我错了，幸亏我有拙作英译的旁证，不然，我简直要蒙不白之冤。我想一班目无雾霧、胸无名心的读者们看见了我的各篇英诗中译，将它们用真天平来估量一估量，一定不会相信我能闹出那种笑话的。

我上次写的一封公开信是一篇我个人的《渔阳曲》——一多的近作，音节极佳，概投《小说月报》，你即可看见了——我在那封信里不过是借了王先生作一个鼓，来敲出我这两年来的不平之鸣。我这六年来没有生过一回气，但自从我投入社会的潮流之后，我所身历目睹的不平事实在太多了，我的火气不由的时时要冒上来；王先生的那一段毫不公正的"指摘"不过是一条引火线罢了。

我国近来的批评界（？）水平线实在低得令人可惊；从此以后，我们一班对于文学努力的人是不得不采取一种"初等小学教科书"的方法了。不然，亿万的蚂蚁都在那里磨着偌大的牙齿等候你，将你抛下的隋珠欢天喜地的当作它们所恭候许久的死苍蝇而高举起来哪。

为了这个原故，我不得不在这里申明，我的《往日之歌》的中译——已载本年第一期《小说月报》——是节译的，正如我的叶林罕的《小妖》（Allingham's *Fairies*）——已投《小说月报》——是节译一般。我节译《往日之歌》的原故是因后面的几段与前面的一种亲热的窄隘的境地冲突。我所以要特别声明，是因为我看了王先生的一段"大"的批评之后，我自信对于近来国内批评家的思路是揣摹出一点门径来了，"仰体高深"四字我现在是可以受之无愧了。便是什么呢？我怕再有一位"王先生"不惮费事，将录《往日之歌》的 *Oxford Book of English Verse* 翻开一找，找到八一五页，看见此页的末段正是我的中译的末段，于是一条直觉的伟大思想闪电般射入他的脑中，而他愉快的拍着书案跳了起来叫出："朱某人上次译白朗宁虽没有错，这次却被我抓住了他译费兹基洛的错处了！王先生的仇是报了！朱某人一定是以为此诗在本页告终，不知下页还有后文！一定是如此！Hurrah！批评上的'大'成功！"

　　回声答应道："Hurrah！批评上的大成功！"

　　许多的庞大的新文学家名声便是这样起来的。

Fame is no plant that grows on mortal soil,

Nor in the glistering foil

Set off to the world, nor in broad rumour lies.

——Milton：Lycidas

时间是文学的审判官；济慈终究不朽，《索列克乌杂志》的记者早被湮灭的臭泥埋起来了。

你的那篇文学与雪莱的《厄多纳依士》（*Adonais*）出于同一的动机，我是十分感谢的。诚然如你所说的，我当时是在气头上，只看见了王先生通讯中一段批评我的译诗的"又飞"，而未看见王先生通讯的"本文"。王先生所译的Wordworth：*Evening on Calais Beach*一"十四行诗"的头四行，诚然是"的确没有把当时的情景及句子的构造分清"，"一时的大意"，王译将四句改作三句，将"傍晚"改作"夜"，将一个在英诗中毫无意义只是填韵的字 free（如Milton：*L'Allegro*的"But come,thou Goddess fair and free"句，Coleridge: *Ancient Mariner* 的"The furrow follow'd free"句可见）译作"自然"，这些都是比较小一点的错误，我们也不用去斤斤了，最大而最不可恕的错误是"烈日默默的下沉了"句中的"烈"字，——用"默默的"来译"in its tranquillity"已经不对，不过我们也不讲它去了。这个"烈"字不唯没有将原文的"broad"一字的美妙之处翻译出来，并且与全四行中的一种宁谧的"情景"，"的确"发生了"大"的冲突。

华兹渥斯的这四句诗我今译出如下：

> 这是一个美丽而（清澄）的傍晚，
>
> 神圣而安静有如修道的女尼
>
> 屏息于虔诚的祈祷之内，
>
> 大的月轮（舒徐）的降下天边。

（ ）符号中的意义是我添的，我相信它们与"当时的情景"

极为嵌合，毫不冲突。

你的文章之中又提到了济慈的《何默初覩》一十四行诗中的 Cortez 一人名为 Balboa 之误，这一层道理是很对的，我从前用了"天用"的"笔名"写过几篇《桌话》，后来因为它们不为人知，就停下了，这几篇《桌话》中有一篇叫作《吹求的与法官式的文艺批评》，内中有三段是（我举此数段，并非为己辩护，因我本没有错，不用辩）：

"关于这一层隐微一点的吹求的文艺批评的坏处让我们拿一个西方文学中的例子来说明。说起美的文艺，济慈的《圣厄格尼司节的上夕》（ *The Eve of St.Agnes* ）总无疑的是一篇了；说起美的描写，这篇诗中述说 Porphyro 带着他的恋者逃出伊的住堡时的一段总无疑的是一段了。他携伊同逃的时候，冰风在堡外灰白萧条的山野上锐叫，堡内是一片压闷的沉默，只有铜链悬着的灯中火焰伸吐而复缩入，黯淡的照亮起阴森的堡之内部，还有地上毯子的边角偶尔鱼跃似的站起，又复拨剌的落到地上了。

"这篇长诗是叙中古时代的事迹，但中古时代还没有开始用地毯。然而我们倘将上述的描写当中关于地毯的一部分删去，则我们不能在此段所暗示出的漏入堡中的一线冷风的感觉里面间接觉到堡外冰风的权威了，我们也不能有毯子落下时寂寞的声响与外面暴风的号嘶所形成的美妙的反映来赏鉴了。简单一句，我们不能觉到济慈所创造出的当时的境地的活现之美，诗的真理了。我们读诗，读文学，是来赏活跳的美，是来求诗的真理的，赏与求有所得，我们便满足了；那时我们不再去问别的事——任凭我们所得到的诗的真理与智的、客观的真理符合也好，相反也好。

　　"我相信用纯诗——诗的真理——的眼光来看济慈这首诗的人，看到此处，不仅是不觉得不满，反而是觉得极其愉快的。考古学者虽然在这里发现了一个时代错误（anachronism），但我们并不可为了这层客观的真理之故，将我们对于诗的真理的鉴赏减低。在文学中考古的人，一面不能先知的将他考古的力量用到别的较文学适宜多多的考古材料上去，一面又不能聪明的用诗的真理的眼光来赏鉴文学，只是越俎的，不能顺应的，用考古的眼光来批评文学，那我们只好怜悯他的既不得饮文学之甘泉，惋惜他的又将考古的精神枉用，并且愤怒他的凭非文学的眼光来批评文学，因而引起许多初入门不知何所适从的人的恶影响了。"

　　这是吹求的文艺批评的较为隐微的缺点，我在本文之中还举出了它的两层较为明显的缺点，便是，它易受利用以作轻蔑异党的工作，与它常流入自己卖弄的流弊。有真学问而自己卖弄，倒还没有什么；最危险的是那一种没有学问而卖弄的人了——尤其是在我国如今这种一般人都是盲瞽的时候。

这是什么意思

今天早上我从上海大学教完英文回来，坐的电车；车上有两个西人（说的是英文，不知是英国人还是美国人），我在他们的对面坐下；但半路之中上来了一个西妇，我便起来让给她带着孩子坐下，那两个西人没有起身让位，还是我这个异国人让的，这也不算什么奇怪，也不讲了，我那时起了身，便抓住这两个西人头上的藤圈；这藤圈本是预备给座满时后上的人抓的，至于我要抓那个藤圈，也是我的自由，别人无从干预；我又没有挤他们。不料这两个人中竟有一个向那一个骂我作 animal（兽）！那一个抬起头来望我，眼内含有一种怜悯而带轻蔑的表情。我当时忍着气等他们再说下去，直至我要下车的时候，我就用英语质问刚才那个侮辱我的人："喂，你刚才所说的 animal 是指着谁？"他竟承认了是我，说我不该站在他们的前面！他既然自己承认，我便教训他了，我当刻高声的嚷出："虽然按照了达尔文的学说，我们大家都是从兽类进化来的，但你不能侮辱我！这个不懂礼节的东西！""Learn your manners better!"我那刻气的很厉害，无暇观察到我大声呼出的话在同车人的面部引起了什么表情，但那个无端辱我的西人的面部则我看得很清楚，他羞耻，惶恐，而悲恼。我临下车的时候，补了一句大声的话："中国自有它的古文化！"这时电车已经停够了，开了，我忙着跳下电车，想不到那个西人居然一点羞耻不顾了，他趁此机会说："成，你将拖带了下去罢。"

电车已经开去许远了，我当时也急得糊涂了，竟没有法子追偿此第二侮辱。后来一想，这是侮辱名誉与友邦的罪名，我岂不该控告他去？虽说电车去了，我岂不可以追他回来？但我再一想，第一，西人的法庭说不定会袒护西人；第二，同车人各有要事，不见得有人替我作见证；第三，控诉是要堂费请律师的，而我如今的财产总共只有一千钱还不到。控告是不能的了，懊悔与愤怒这时在我胸中狂咬起来，我的念头又转了；虽说这第二个侮辱我没有报复，但他这句话已经使他丧失了人格，他自己的良心可以失灭，别人，同车的人，西人或中国人，总会看不起他的。这使我的热气稍为减退了一点。

奇怪！坐的是头等车，并且也是着的绅士衣服，而居然说得出这种下流的话来；我又毫未冒犯，沾染他。由此看来，外国人对于我们中国人的态度是如何，也可恍然了。从前的时候，还有一班人说，对于中国人加侮辱的西人，只是些没有智识的下等社会人；但是现在，拿我所身历的事情来看，可知将我们中国人看作下等动物的外国人是不仅无智识的下等社会人了。并且我是着的绅士西服，英文又是一种极通行——尤其是上海——的语言，而那个外国人竟然当了我的面无端的侮辱我个人及国家！亲爱的同胞们哪，你们回想一回想，这是什么意思？

说起来真是凑巧；我从前再没有看过英文报纸，昨天偏好在我现在所寄居的友人孙君铭传家，他们送过来一份英文报纸，

《大陆报》"The pulse of this great city and of China" "此大城——上海——以及全中国的脉搏"。这份《大陆报》便是上海（说不定，以及全中国）无洋无华的人们中最为行销的报纸；这份《大陆报》便是从前在中文报纸上领着商务印书馆同售廉价——尤其是，优待"中国"的学生——的报纸；这份《大陆报》便是"上海"某"大学"的毕业生教英文课程时所奉为"课本"的报纸。久仰，久仰！三生有幸，我捧读过它之后，觉得实在"与众不同"，不说别的，只说它的《汽车增刊》，便令人"信余言之不谬"。原来汽车广告上画了一幅插图，图中是一辆"如虎生翼"的"汽车"，车后的远处是几个倒下的"不开通"的"中国人"，车轮下是一条"该死"的狗，坐车的"洋人"惊诧的向车外望，问道："这是走过一块坟地吗？""御"车的"中国人"眼睛望着前头一点不转身子飘飘欲仙的安静而骄傲的回答："他们是志程的石碑！"

与我族类相同的人哪！这又是什么意思？

说推敲

"推敲"这词语的来源，大家都知道：终于贾岛选定了"敲"字，是因为它来得响亮些。

响亮些固然是不错的；不过，据我看来，还有一层旁的，更重要的理由，那便是：

"僧敲月下门"这一句诗的意境，因为一个"敲"字的原故，丰富了许多。

"僧推月下门"，这不过是一个僧人回寺迟了，在夜月之下推着山门，正要进去庙里：很平凡的一件事，那值得一个诗人去写成一句诗呢？……如其这诗人是《水浒》内的海阇黎，他所推的门并不是寺庙的，那或许还有一点小说的兴趣。

至于"僧敲月下门"一句诗，我们却能因之以推测，这僧人确是回寺很迟了，连庙里的人都以为他今夜是不回来了的，将庙门关了起来；并且，庙宇是最肃静的地方，已迟的月夜又是最肃静的时候，忽然来了这一片敲门的声音，又是一个习静的人所来发动的：这各种的联想，它们都是由了"敲"这一个字而引起来的，——文字正是要富于联想。

"敲"这个字不仅在发音上来得响亮些，它所引起的联想也是一片敲破寂静的响亮。

　　还有一层，"推"字并不能使这句诗在读者的情绪上引起任何的反应；"敲"字之中则充满了期待，置读者于此僧人的当时的地位上，同了他，在已深的月夜，等候着庙门的开放，在一片搅动了他的自尊心的，余音仍然波动于月景之内的敲门声里。

访　人

　　《官场现形记》里所说的，候差委的人去见上司，要预备下一笔门包的费用，否则，连见面的希望都没有；这种情形，不知道现在还遗存于官场之内否，因为我不曾作过官。一般的访会者，俭省的，只须在传达处递入五厘钱，一张名片的费用，便只索取这五厘钱，——无益于传达处，正与纸钱锡箔一样。

　　访会最好是在事先约定时间，否则在名片去了，主人来了之间，必有一番等候——有的时候，即使是时间已经约定了，这一番的等候还是不免的。所以，我向一般访会者建议，名片之外，随身不要忘了带一本书，《翟斯特斐尔德信牍集》（*Loaid Chesterfield's Letters*）最好。切不可带那种看来这主人是不会喜欢的书：《尝试集》，如主人是旧派；《圣经》，如主人是新派；《托洛兹基自传》，如主人是"国民党"；《三民主义》，如主人是"国家主义派"。主人如其自己便是一个作家，那便再好不过了……

　　主人来了。他如其用手一挥，敬你的烟，你最好是撒一个白谎，说不会，即使几上是放着精雅的烟盒，或是"大炮台"的烟罐。熟人是会去自取烟卷的；生客，如其愚蠢，会在"大炮台"的烟罐内取出了一支"大英牌"。烟卷如其亲手的递到了你的面前，这时便要相机处置了：如其主人知道你是抽烟的，为了礼貌，你便不得不抽，即使是"大英牌"；如其，不幸，他并不知道，你便可以也撒一个白谎，说不会，……却不能忘记了说一声，多谢。

访会的时候，表是不能不戴的，不过，当了主人的面，你决不能去看它。坐的时刻太短，又怕主人臆怪；坐的时刻太长，变相的逐客令又会使得你难堪。啊，访会时的痛苦，去留的问题！

端茶送客，这是古礼；在新潮流的现代，古礼是废除了，变相的逐客令是如何的下法，这便要看主人的聪明了。不说话，看时计，讨论气象，问来客的住址，等等。包车夫可以进来领工钱；至于门房，在这一点上，更是一个层出不穷的智囊。

于是你便出来了……赶快燃一支烟卷罢。抽烟的时候，你可以自慰：还好，主人并没有"不在家"。

闻一多与《死水》

乘雷车兮载云旗

这一句屈原的诗，它的真正的好处，可以说是一直到了《死水》的作者，才重新发现了出来。就了训诂学的立场，他说，雷字的古体是象车轮之形，云字的古体是象旗旆之形。

另外，他又举了两个例子。《江南可采莲》一首古歌曲内的

莲叶何田田

一句，用"田田"的叠词来形状许多的荷叶；《古诗十九首》内的

冉冉孤生竹，
结根泰山阿。

两句，用"冉冉"的叠词来形状许多的竹叶。

要寻求中国，要寻求中国的菁华，必得向文学、艺术、史学、哲学的里面去。中国或许是一池"死水"，不过，"微菌"也"给他蒸出"了许多的"云霞"。

这部诗集里的第三编诗，由《心跳》到《洗衣歌》，是一个观念、一个呼声，也仅仅便是一个观念、一个呼声罢了。要一直到现在，杜甫的年谱作成了，唐代的文学已经整理得有了一个端倪了，作者才能说是把握住了他的观念，在这一方面。

他自己说的：

　　我知道海洋不骗他的浪花。

中国人的海洋，那便是古代所涓滴汇聚成的，浩如渊海的文献。

没有玄奘，便没有李、杜与唐代的文学；没有"春秋"时代到"六朝"时代的文献，也便没有李、杜与唐代的文学。必得要"结根"在"泰山阿"，"孤生竹"方能"冉冉"。

整理国故这种迂阔的工作，要是能以明智的看来，实在是兴盛新文化的唯一的康衢。

我们要记着，作者第一步所专攻的是美术。虽说，在那个时候，他也加入了乐队，那不过是他的辅趣，像后来，在作诗、整理国故的时候，刻图章那样。作者既然是一个画师，所以这本书，由封帧、扉画一直到书里各首诗的排列，便成为一幅图案井然的好画。

我们又要记着，作者是一个诗人。这部诗集里的四编诗，由《收回》到《忘掉她》的第一编，由《泪雨》到《夜歌》的第二编，上述的第三编，以及《闻一多先生的书桌》一首诗独自编成的第四编，各编便是一篇诗。四编，合拢了起来，也便是一篇诗。

像元曲那样，这四编诗便是《死水》这篇民国时代的"曲"的四折，《口供》一诗便是楔子。

"秩序"在作者的"能力之内"。并且，这样来作诗，真是：

不著一字，

尽得风流。

《死水》与《一个观念》当然是第二编与第三编里的精作；第一编里的神品当然是《你指着太阳起誓》。譬如我现在要选一部新诗，这部诗选或许只有十篇诗，而在这十篇之内，毫不疑惑的，我会拿上述的三篇诗抄录进去。

困难的是第一编——连同《诗刊》内所登载的一篇无韵体——是一个有机的整体，《你指着太阳起誓》虽然是全个有机体的首部，其余的各部分也是重要的。要是我现在担任"中国文学系"里的"新诗"一种课程，那么，这许多首诗我便会教全班都拿来细读。这一编本来只是一篇诗，《你指着太阳起誓》只是诗中的警句罢了。

有人主张，诗便是诗；也有人主张，诗不仅是诗。按照了后面的一种主张，这一编也是应该全盘的细读的。读完了以后，读者一定会在文学之外，认识一个高超的诗人。

不仅这第一编是一篇整体的诗，全部《死水》是一篇整体的诗；便是作者的全个大我——作诗、治学、立身、处世——那也是一篇整体的诗。

一想到作者，我便想到英国的柯立基。

同时，他这么古典的在继续创造着他的"大我"这一篇诗，又使得我联想起杜甫的一句诗：

意匠惨淡经营中。

要是他作一部 *Biographia Literaria*，那部《文学自传》，无疑的，会要成为新文学上的一种可珍的文献。

在如今这时候，他的《文学自传》既然是还没有动笔，《死水》这部诗集，要全盘的了解，又必得先来了解作者在艺术上所抱持的主张；那么，举出一些具体的例证，来说明这部诗集，也总算是可以满足读者的需要之一部分了。

七年前，他住在北京（便是如今的北平）；住房一觅妥了，头一件事，当然，是布置书斋与客厅。他说，要敷黏上无光的黑纸在四壁、壁楣上。他说，要用汉代的石壁浮雕之内的车马，制成一种图案，绘画在金纸上，连骈的敷黏起来。探问了多少的南纸铺，合宜的纸张算是找到了。至于绘制图案，我当场看见的，他提起笔来便成功了。

后来，他替他的诗布置居所，也便采用了当时的那个作意。外面是黑色的封帧，里面是黑色的字——这岂不是极为自然么？

当时，他又预备由屈原、杜甫、陆游的诗歌内，拣选出三个作意来，制成三幅图画。陆游的一幅是绘成了。

啊，横暴的威灵，你降服了我，

你降服了我……

你是那样的蛮横，那样美丽！

这几行诗，引来形状诗神，可以说是再妥切也没有了。诗神原是一个最为嫉妒的女神，所以，作者的这番美术上的筹划，也被她攫夺去了，易形为《死水》一集的扉画了。

他在清华的时候，是很喜欢白朗宁的。在纽约的时候，他与一些同好排演了一出中国题材的戏剧，是他设计的布景，颇受欢迎；他与赵太侔、余舲客一同回国，便是计划着复兴话剧。

戏剧这一方面的兴趣，就了《死水》各诗的排列方法看来，我们可以知道，仍然存在于他的胸中。

记得他回国来，所带回的文学书籍，完全是现代的诗集，英文原本的。哈第的沉郁，郝斯曼的简洁，照想起来，应当是与他最为性近。

杜甫，在唐代的文学中，是他的兴趣的中心点。不过，这六年以来，由杜甫而推广到全个唐代的诗，全个唐代的文，唐代文化的整体。唐代文学的来源、去脉，就我在谈话中所听到的，他在这一方面也有许多精辟的议论。

关于杜诗，他有三部著作：《少陵先生年谱会笺》《少陵先生交游考略》《杜学考》。

差不多杜甫的每一首诗，他都给考定了著作的年月。这个，对于杜诗的新认识，是如何的重要，不用说了。

《送郑十八虔贬台州司户》一诗之下，他有这么一段案语：

案：前此十余年间，七律极少，唯《张氏隐居》《城西陂泛舟》《赠田九判官梁丘》，寥寥三数篇耳。自今而后，此体忽多。综计，至德二载春，逮乾元元年夏居"谏省"，所作，七律几居其半。盖是时，岑参、贾至、王维，并为二省僚友，诸公皆长此体；同人唱和，播为风尚；杜公因亦受其影响耳。

读古人书，要这么来读，才能说是读书。

在作着的又有《王右丞年谱》《岑嘉州系年考证》《岑嘉州集笺疏》。

将近告成，或是正在作着的，有《唐代文学年表》、《初唐大事表》（分政治、四裔、宗教、学术、文学、艺术六栏）、《唐语》、《全唐诗人补传》、《唐诗人生卒年考》、《全唐诗校勘记》、《全唐诗拾遗》、《唐诗统笺》、《全唐诗选》、《见存唐人著述目录》、《唐代遗书撰人考》、《唐两京城坊考续补》、《长安风俗志》、《唐器物著录考》、《全唐研究用书举要》、《全唐文选》、《唐人小说疏证》，等等。至于汉、魏、六朝方面，也在进行着。

《唐语》一书，我摘举两条：

窜　案：《说文》"窜，从地中卒出"，此非其义。《说文》有"踔"字，"触也"；《一切经音义》（五）引《字书》"挨揩也"；窜盖踔或挨之通假字。《文选·长笛赋》注引《苍颉篇》"拿：捽也，引也"。

校　唐人谓病小愈曰校——见王焘《外台秘要》。张藉《患眼》"三年患眼今年校"。（此据任渊《后山诗注》引，《全唐诗》与下免字误倒。）

《全唐诗选》里抄录有许多被前人所忽略了的佳作。

枚乘《七发》内描写海潮的"纯驰浩蜺，前后络绎"两句，他校勘为：

纯虵，浩蜺，
前后络绎。

《诗经》内《秦风·蒹葭》一诗的"道阻且右"一句，下面是他的案语：

案：右，古文作又，与久字形近；疑久之伪。"道阻且右"，犹首章"道阻且长"也。

同诗内"宛在水中央"中的"宛"字，他，在案语中，由九部古书之内，征引了十三个字例，证明是藏字的意思。

他说他已经是乐而忘返了——这么的乐而忘返，当然是值得；不过，我总替新诗十分的可惜。希望他不要忘记了自诺之言，将来要创作一篇兼用韵文与散文的唐代史诗！

就《死水》全书的设计来说，书里的每一首诗都不能少。不过，读《死水》的人如其只是要认识作者的单篇的诗，那么，他所应该读的各篇便是第一编的全部，《末日》《死水》《我要回

来》《心跳》《一个观念》《洗衣歌》《闻一多先生的书桌》，以及不曾来得及印进这部诗集的那篇无韵体。

作诗的第一步当然是讲用字、押韵。在用字方面，新鲜而真确当然是唯一的目标。《也许》一诗内的

那么叫苍鹰不要"咳嗽"

以及

不许清风"刷"上你的眉

是两个愉快的例子。在押韵方面，尤其是在短篇的诗歌里，最忌的便是落套。中文是一切文字内最富于同韵字的一种文字，那么，要押韵新鲜，便不能算是一件十分艰难的事；不过，一般的作诗的人拿这一层忽略去了，便是了。《死水》的作者，因为我极爱《你指着太阳起誓》一诗，便由这篇诗里举出一个例子，说押韵新鲜的重要。

我早算就了你那一手——也不是变卦——
……
你不信？假如一天死神拿出你的花押。

在诗行一方面，作者有一个得意的例子：

你看负暄的红襟在电杆梢上

——《你看》

古老与近代文明，这一个诗行里都有了。雷雨时的电、金属、木材，这些是古代所久已有了的——有了它们，当然，并不能便有近代文明；不过，要是没有它们，近代文明也便无由去实现。这一行诗，全篇的核心，要这么来看，便有意味了。

诗章的好例是《狼狈》，全篇的好例是《你指着太阳起誓》。

作者与我都是在古代是楚国的地方的人，那么，让我来诵当时楚国的"荷衣诗人"的一段诗，来终结这篇文章：

> 筑室兮水中，
>
> 葺之兮以荷盖。
>
> 荪壁兮紫坛，
>
> 播芳椒兮成堂。
>
> 桂栋兮兰橑，
>
> 辛夷楣兮药房。
>
> 罔薜荔兮为帷，
>
> 擗蕙櫋兮既张。
>
> 白玉兮为镇，
>
> 疏石兰兮为芳。
>
> 芷葺兮荷屋，
>
> 缭之兮杜衡。
>
> 合百草兮实庭，
>
> 建芳馨兮庑门。

朱湘致友人书

一樵社友：

　　大著及一封引起我感谢与感动的信都愉快的收到了。我这次脱离清华虽有多处觉着不快，但因此得了许多新交，旧交也因此而愈密，这是令我极其畅快的。

　　我离校的详情曾有一信告诉了一多。望你向他函索。恕我不另函了。我离校的原故简单说一句，是向失望宣战。这种失望是各方面的。失望时所作的事在回忆炉中更成了以后失望的燃料。这种精神上的失望，越陷越深。到头幸有离校这事降临，使我生活上起了一种变化。不然，我一定要疯了。我这一二年来很少与人满意的谈过一次话，以致口齿钝拙，这口钝不能达意，甚至有时说出些去我心中意思刚刚相反能令我以后懊悔的话。我相信不是先天的，只是外来势力逼迫成的。我心中虽知如此，懊悔究竟免不了。于是因懊悔而失望，因失望而更口钝。一件小事如说话尚且如此，别的可以想见了。

　　所以清华是我必离的。可是清华又有许多令我不舍之处。这种两面为难的心情是最难堪的了。反不如清华一点令人留恋的地方也无倒好些。而我这两年来竟完全生活于这两面为难的情绪之中！你看这种彷徨苦闷灰心是多么难受！——人生或者也是处于不断的彷徨之中。至少我晓得一个人是有强处有弱处的。而这弱处恰与强处同源！什么是善？不过强处作到适宜的适度与范围而止，不使它流入弱处罢了。我看我如不离清华，不疯狂则堕落。所以我就决定了。虽然有许多新交如你样劝我留校，并得了校中的同意，我也只感谢的领了盛意，而没留校。关于游学一层，校中已允明夏用专科生名义或半费派送至美。

说到研究西方文学，我以为有下列各种目的：一、辅助养成一种纯粹"文学"的眼光；二、比较的方法；三、本国文学外其他高尚快乐之源泉的发源。这几种目的诚然须到西方，始能圆满的达到。并且到西方还可以结交到许多热诚而眼光远大（如已去世的 Arnold 与 Saintsbury）的从事文学者。

纯粹文学的眼光是很难养成的。就是上面提到的英文文学批评上两大将阿氏、山氏也都不能称为有最纯粹的文学眼光。据阿氏、山氏的著作看来。法国生了一人（山白夫 Sainte Beuve）是批评人最高的人了。将来我倒要仔细读读他的书。并以山此百里、阿诺忒两人为辅。外有法国其他的大批评者及英国的柯立已（Coleridge的 Biographia Literaria）。我这几个月来才觉着批评的重要。批评最初一步是讨论作品好坏的问题。批评作到最高妙处还是讨论好坏这问题。我们看山此百里说柯立已、歇里（Shelley）的诗好。而阿诺忒氏对于柯氏一字不提，对于歇氏大有微词。可见，他们对于米屯（Milton）的争论也是如此。我在未离清华以前几个月内旁观他们这种极有兴趣、极开心窍的争执。可惜功课牵绊住。他们的著作清华图书馆不都有。我的经济又困难，不能皆见。但见到的一部分已使我叹为观止了。将来见到他们的著作全体以及山白夫氏的著作更不知要快乐到什么田地。

比较的方法是比较西方文人与东方文人，古代文人与近代文人，此文人与彼文人。比较并非排列先后，如古人治李、杜样。比较只是想求出各人之长处及短处，各人精神所聚之所在（题材）以及各人的艺术（解释及体裁）。

不过到美国能不能算是到西方，是一个问题；并且本国文化没有研究时而去西方能不能得益，又是一个问题。这种种问题使我对于留学一问题起了研究之心。如有所得，当函告请教。

我如今在这里大学教书。环境很好，省立第一图书馆又在近邻。所以学生虽不多（大学部八人），也还可以补偿。现在正筹划《李杜诗选》附一四万言长评——李诗评已定先投中文学号——约暑假左右可以出版。届时当呈教。

社弟　朱湘　顿首

说作文

　　提起笔来——无论是软毫、硬毫、兼毫、自来水笔、钢笔、铅笔、画笔、鹅管，提起它来写字，由摩崖大字到蝇头小楷，由王羲之的《兰亭序》到孩子们的九宫格。苏轼的诗歌、书法，都是上乘之品，这诚然是作到了旧诗人的理想境地……不过，李白、杜甫，他们两个人的书法，究竟高明与否，这是一个极有趣味、耐人寻思的问题。论诗以神韵为主的王士祯，他写的字是毫无神韵可言，不像苏轼那样的字如其诗，诗如其字。李白的诗必得要拿欧阳询的笔，杜甫的诗必得要拿颜真卿的笔来写……他们的字要是真正写得那么好，到现在决不会没有一点半点的遗留。

　　窗明几净，在面前排列着优雅的文房四宝，这诚然是可以增加文思。不过，在囚牢里，文天祥也可以写出他的《正气歌》。

　　"床上，厕上，马上"，这是欧阳修对于"文章是在什么时候作出来的"一个问题的回答；这个回答多少有一点才子习气，好像庄子在有人问道的时候，答以"在屎溺"那样。老生常谈的说来，文章是作成于五情发动之时，一片幽静之中。

　　韩愈说的"穷愁之言易工，欢愉之言难好"，我们与其注重在"穷愁""欢愉"这两个字眼之上，倒不如注重那个"易"字与那个"难"字。穷愁之言易工，是因为人都怕穷愁——不过，

"置之死地而后生，置之亡地而后存"这两句成语，要韩信来运用，才得到了成功。欢愉之言虽说是难好，并不见得就作不好；韩愈自己岂不是便有一篇《平淮西颂》么？

无论是谁，在作文的时候，决不会想着"起、承、转、合"这四个字；不过，它们是抽象的存在着，这是谁也不能否认的。只拿剧本来讲，元曲的四折，不用说了，是明显的起、承、转、合，便是西剧，从前的五幕，那何尝不是起、承、转、大合、小合，现在的三幕，那又何尝不是起承转合呢？孔子说的"七十，而从心所欲，不逾矩"，俗话说的"熟能生巧"，便是作文的秘诀。

中国虽是"中庸之道"的国家，它的文学却是最不中庸的。只看赋，它要把建筑学囊括入它的范围，那是多么野心，结果是笨重，一点文学的趣味也没有。再看李商隐的

夕阳无限好，

只是近黄昏。

这两句诗。头一句并不说夕阳怎样的好，只说它好，"无限"的好；这寥寥的五个字里面，是多么充满了想象：说它们是孱弱？行。说它们是最为遒劲的？也行。再加上那第二句，把无限的想象一化而为无限的情感；没有"！"这个惊叹号，没有鸦鹊的喧噪，没有自然的叹息，没有人的留恋，但是，在这五个字里面，它们都有了。

文章只有好不好，没有长短的分别。中国的十六字令，日

本的俳句，希腊的双行墓铭；印度的《赖摩耶拿》《麻哈字赫瑞塔》，波斯的《夏·拿穆》，芬兰的《开勒弗雷》，希腊的《伊里亚得》《奥第赛》——作得好，便是诗，

Et tout le reste est literature

作得不好，至少是文学。

出题目作文章，好像是小学生干的事。不然，劝世小说，问题剧，这些岂不都是社会出了题目教文学家去作文章么？肚子里有文章的人，无论是自己还是旁人出下题目来，总有好文章交卷——肚子里没有文章的人，没有题目之时，正好躲懒……

在小学里作文，先生要把文章改得体无完肤；到了中学，大学，又有修辞学，传统思想——如今是更不得了，在旧有的缚束之上，又加增有西方的缚束。要治当今的病症，只有一剂好药，"瞎说一气"。会瞎说的人，越说越上劲，等到说完了，总有一两句好话。不管旁人听不听，也不管旁人打搅不打搅，还是瞎说下去，等到打搅的人一齐累了，散了，还是瞎说着，好像一个疯子那样——那总可以瞎说出来一两句绝妙好辞。

新文学如今还是在发育时代；多读惠特曼的诗，多读《吉诃德先生》与虞戈，道斯陀耶甫司奇的小说，多读萧伯纳的剧本，成熟的新文学才有作得出来的希望。

我们现在都还没有七十岁，等到七十岁的时候，再作"从心所欲，不逾矩"的圣人，也还不迟。只怕，到了那时候，就是想逾矩也不能够了。

要写好文章，必得侍候文神。侍候文神，与侍候女子一样的难。不能怕人笑你是傻子，不能怕人骂你是疯子。只有一点不同：对于女子，情感应该一点一点的给；对于文神，给与必得是全盘的，唯有全盘的给与，才能由文神那里获得全盘的给与。

没有一项才能不是天生的，作文当然并不是例外。天生得能作文，闭处斗室之中，或是环行地球，一样的写得出好文章来。文章在人的心里，并不在环境之中。环境是吸铁石罢了。环境也可以比譬作一块刮痧的磁片，在热天，或是在气郁的时候，拿来在脖子上，在背上刮刮；正在刮着的时候，又痛又哼又叫，一到痧血刮到了皮肤的表面，便浑身痛快了。

文章便只是费话。相视而笑，莫逆于心；要文章作什么？老子说，"道可道，非常道"；孔子说，"天何言哉？四时行焉！万物生焉"。不过，在文化的历程中，语言是占着一个什么样的位置，那是不言而喻的。这么说来，费话并不是费话；换一句话说，便是，文学并不是费话了。一部《水浒》，那是艺术的；几十续的《彭公案》，那是人情的，便是这一部《水浒》之内，多少也有些不可免的费话。所以，作文章的人，不能怕费话，同时，又不能费话。

兵法中所说的声东击西，那正是文人的惯技。在一篇文章之内，"技巧"一刻把你逗到这里来，一刻又把你逗到那里去。等到掩卷之时，越是圈子兜得多，越是圈子兜得与众不同，你越是说它好。从前周幽王，为了要得到褒姒的一笑，还有《伊索寓言》内的那个牧童，为了自己的高兴，一个撒大谎亡了国，一个撒小谎丧了身。"撒谎的艺术"是高此一筹，因为自己与他人同时都快活了，并且一次不够，大家都还要再来一次。要是能够作出一篇文章来，不单是教人快活，并且是教人思索，这岂不是更好的文学么？所以趣味横生的载道文学，是作文章的人所应永远保持着的理想。

胖子，瘦子，这是打诨剧中的两个典型人物；但是一到莎士比亚的手中，他俩之内，一个变作了韩烈特，一个变成了福斯达甫，两个第一等的文学人物。

人是完全囿于自我的；无论是写神思，写人类，写他人，写自己，写动植物，写自然，到头来都是脱离不了自我的范围。

作文章的人没有话不可以说，只是看他怎样的说出来罢了。最新的现代文学与最旧的古代文学，在本质上并没有变更，所变更的只是方式。

思话、残酷、撒谎、费话、不说话、瞎话，这些，在实际的人生之内，都是要不得的，但是，一到了文学家的笔底，它们便升华作梦话，最高的艺术了。

诗的用字

有两句俗话说得很好："熟读唐诗三百首，不会吟诗也会吟。"

作诗，颇与学着说一种方言近似，学着说一种方言的时候，想要说得逼真，不外乎在两点之上注意：用字，咬音与抑扬顿挫。字里面，无论是虚字、实字，用起来，只讲一个习惯。尽有许多同义字，可是，在某一个字眼之内，习惯只允许用唯一的一个字，其他的一些同义字，自然并没有人能以阻止住不用，不过，在那种时候，便不算是纯粹的某一种方言了。咬音不难，难的是，要把这些单字的咬音连缀起来而成为一句清晰、自然流走的话，并且，这一大串的咬音是要合乎一种固定的抑扬顿挫的模型的。诗歌里面的用字与调和音节便是同一道理。

听惯了一种方言，也能学着说几句；这好像是，熟读了许多首诗，也能学着作几句那样。孩子学方言最容易，这便是生性宜于作诗的人来学着作诗了。

现在的一班新文学读者，与作者，他们之内，必定还有不少的人可以回忆起来，幼年时候在"芸窗课本"里学着作旧诗，是怎么作出来的。

这里，有一个颇为有趣的疑问便会发生了——新诗，以前并不曾有过的，又是怎么作出来的呢？对于这个疑问，质直的，我们可以答道：现在的一些新诗人，不是曾经熟读过旧诗，"广义的"便是曾经熟读过西诗的。

举三个最早的例来说明。胡适之不能否认他在作新诗的时候是在意识着《诗经》，沈尹默，长短句与词曲；周启明，西方的民歌。《尝试集》内运用阴韵之处，是修辞的蜕化自《诗经》；《三弦》是一首谱新声的词；《小河》是一首蠲去了尾韵的乐府。

决没有自天而降的事物，新诗也不能外乎此例。

不过，新诗究竟不是旧诗，也不是西诗。我从前曾经作过一副对联，联语是：

> 写字时只少之乎也者，
> 作文的还须中外古今。

这里面上联所说的，意思不错，实际上并不尽然。之、乎、也、者这四个字，在新文学里面，又何尝不是常时的在写着？可是，这四个字，运用于旧文学里面之时，以及运用于新文学里面之时，位置是完全不同了。用字的习惯改变了：这便是在根本上新诗之所以异于旧诗的一点。

虚字，旧文学里面极多。旧文学之所以多用虚字，是因为古文是一种简炼的文字，如其没有虚字来陪衬，只有实字，那时候，句子将是极短的，音节便要随之而短促，不舒畅。唐文之所以异于秦汉文，即在于此。在音节方面，虚字的充分运用确是古文的一种进步。较之古文，国语文是复杂得多了；将来，国语文是要向了更为复杂的途径去进展的。所以，虚字的运用，在国语文内，是并不十分需要的。如今，新文学已经是走上了自然的途径，并且已经遵循着它而进行了。

实字的运用方面，国语文有两种特点：一是陈词之废置，一是上述的位置之更易。

不仅新文学，便是旧文学也讲究"惟陈言之务去"。作诗，那是要用字新颖。陈词，它们并不一定是不美的。即如"金乌""玉兔"这两个形容日月的滥调，我从前曾经指点出来过，是两个原来极为想象的喻语。在旧文学里面，这种的例子繁夥到不可胜数。不过，因为它们已经用成了滥调，所以，后来便废置了。这一种富于想象的喻语大半都是由民间文学里面来的；如今，民间文学的搜集既是已经有了充分的成就，新文人，尤其是新诗人，大可以由这种丰富的宝藏内去采取。